Asta Scheib

Agnes unter den Wölffen

Roman

Deutscher Taschenbuch Verlag

Für

Jelena
Mauritz
Anina, Julia, Jule, Sophie, Simon,
Frizzie, Paulina, Franziska, Rod, Florian

Von der Autorin durchgesehene Ausgabe
Juni 2009

www.dtv.de
Erstveröffentlichung: 1995 Echter Verlag, Würzburg
Umschlagkonzept: Balk & Brumshagen
Umschlagbild: Corbis/zefa/Markus Moellenberg
Gesetzt aus der Garamond 10,25/12,25·
Gesamtherstellung: Druckerei C. H. Beck, Nördlingen
Gedruckt auf säurefreiem, chlorfrei gebleichtem Papier
Printed in Germany · ISBN 978-3-423-21145-1

1

»He, Sie, jetzt passen 'S aber mal auf! Jetzt hätten' S fast meinem Mann ein Aug ausgestochen mit Ihrem Messer da!«

Der Junge sah kurz auf die Frau, und anscheinend reichte ihm ihre spitze Nase und der verkniffene Mund, der ihn ankeifte, denn er las weiter in seinem Buch, das er in einer Hand hielt. Mit der anderen Hand hielt er sich fest, denn er und Agnes waren die Einzigen in der U-Bahn, die keinen Sitzplatz hatten. Agnes sah auf den Rucksack des Jungen, aus dem irgendetwas Spitzes herausschaute; da keifte die Frau schon wieder, dass der Junge »ausgschamt« sei und sich nicht einmal entschuldige, wo er doch ihren Mann um ein Haar schwer verletzt habe ...

»Aber so san's heute, die Jungen, keine Höflichkeit mehr, keiner denkt an den anderen, direkt brutal ist die heutige Jugend.«

»Aber Ihr Mann kann doch auf sich aufpassen! Deshalb müssen Sie doch nicht die Jugend verleumden!«, rief jetzt eine Frau in Lila. Sie hatte dichtes, kurzgeschorenes Haar, und Agnes hätte gewettet, dass sie in einem Reformhaus arbeitete.

»Jetzt hören's eana diese ausgschamte Person an, diese greisliche Hyazinthn«, keifte die Ehefrau, und sie erwartete offensichtlich von den Mitfahrenden, dass die das auch fanden.

Doch die Frau in Lila hatte auch noch eine Information an alle: »Leute wie Sie sind schuld daran, dass Jung und Alt verfeindet sind! Dass wir eine Pflegeversicherung brauchen!«

Das wirkte, als hätte die Lilafarbene eine Zündschnur angezündet. Der bedrohte Ehemann mischte sich ein, sein Nachbar, das gesamte U-Bahn-Abteil, in dem alle grau und glasig vor sich hingedöst hatten, schien plötzlich aufgewühlt. Die Ehefrau und die Lilafarbene gingen aufeinander los wie Kampfhennen, und Agnes überlegte sich, wohin sie sich verdrücken würde, wenn die zu raufen anfingen. Doch da waren sie am Rotkreuzplatz angekommen. Endstation. Das Ehepaar, die Lilafarbene und noch einige andere Leute stritten sich die Rolltreppe hinauf.

Der Blonde mit dem Rucksack sagte zu Agnes, er fände es schade, dass die verdammte Haltestelle gekommen sei. »Es hätte mir was gegeben, wenn die sich meinetwegen verdroschen hätten.«

Was war das denn für ein Idiot! Agnes sah grüne Augen, einen spöttisch verzogenen Mund. Aha. Das war wohl so ein arroganter Angeber, der glaubte, die anderen seien dazu da, ihm ein amüsantes Leben zu machen.

Agnes wusste nicht genau, warum sie sich derart über den Blonden aufregte. Sie fühlte sich von ihm angezogen, und das beunruhigte sie. Dieser Junge sah unverschämt gut aus. Wenn wenigstens seine Haare fettig gewesen wären. Sicher surfte der in Florida und stieg in Lech aufs Snowboard. So einem fühlte sich Agnes heute nicht gewachsen. Der Tag war einfach zu anstrengend gewesen. Zuerst Mama in der Klinik, dann der Typ auf der Bahnhofstreppe, und daheim hatte sie den Freund ihrer Mutter an den Hacken. Daher fragte Agnes schärfer, als sie das eigentlich wollte: »Wieso rennst du eigentlich mit einem offenen Messer durch die Gegend?«

»Du meinst das Ding, worüber sich die Tante aufgeregt hat? Keine Ahnung, wieso das da rausguckt. Wir haben Sashimi gegessen, und da brauchst du das schärfste Messer.«

Sashimi. Na bitte. Agnes hatte es doch gewusst, dass der Typ total abgehoben war. Wer Sashimi isst, muss nicht aufpassen, ob er andere Leute danach ersticht. Was war das bloß, Sashimi? Agnes hatte keine Ahnung. Klang japanisch. Und wenn schon.

Der Blonde nahm jetzt doch mal den Rucksack vom Rücken, sah auf das Messer, dessen Spitze oben herausschaute, und dann nestelte er ruhig und ziemlich schlampig ein Stück Papier drüber, das er offenbar als ausreichende Schutzhülle empfand.

Der Blonde sah Agnes an.

»Ich heiße Simon. Simon Wolff. Was ist, kommst du mit ins ›Freiheit‹, auf einen Cappuccino?«

Na logisch! Wohin auch sonst! Im »Freiheit« saßen immer ziemlich viele Spinner herum. Agnes war schon öfter mit Lula und Danda drinnen gewesen. Und teuer war es da. Agnes hatte keine fünf Mark mehr dabei, und der Sashimi-Typ sollte nicht für sie bezahlen müssen. Außerdem spürte Agnes wieder ihren idiotischen Weisheitszahn. Genauer gesagt, den Kiefer, wo der mal dringesessen war. Schon vor einer Woche hatte der Zahnarzt mühsam die Einzelteile aus dem Kiefer geholt, aber die Schmerzen nervten Agnes noch andauernd. Ständig warf sie Aspirin ein, die letzte hatte sie noch bei ihrer Mutter in der Klinik genommen. Inzwischen war die Wirkung beim Teufel, und es zog ständig im Bereich des linken

Ohres, als würde einer mit dem Messer drin rumfuhrwerken. Vielleicht mit einem Sashimi-Messer.

In diesem Moment fuhr ein großes graues Auto mit einem kurzen Hupton an den Gehsteig. Ein Mann beugte sich aus dem Wagenfenster und rief: »Hey, Sohn. Fährst du mit nach Hause?«

Der Blonde, der Simon hieß, reagierte nicht besonders unfreundlich: »Nee, danke, ich guck noch mal schnell ins ›Freiheit‹.«

Plötzlich fiel der Blick des Mannes auf Agnes. Er starrte sie an. Er schluckte, räusperte sich: »Wer sind Sie? Wie heißen Sie?«

Agnes sah Simon an. Doch der war offenbar auch damit beschäftigt, das Benehmen seines Alten auf die Reihe zu kriegen.

»Ich heiße Ruge. Agnes Ruge.«

Fast hätte Agnes noch hinzugefügt, dass sie sechzehndreiviertel Jahre alt sei, Halbwaise, daher logischerweise in der Waisenhausstraße wohne und die Klasse 11f des Käthe Kollwitz Gymnasiums besuche. Doch sie begnügte sich damit, ihrerseits den Vater des Blonden anzustarren. Er sah kein bisschen wie Simon aus, der blass war und mager und wütend auf so ziemlich alles zu sein schien. Sein Vater dagegen wirkte perfekt und voll Energie wie der Wagen, in dem er saß. Das wäre Agnes egal gewesen, wenn er sie nicht angesehen hätte wie einen Geist, sodass Agnes das Gefühl hatte, dass mit ihr irgendetwas nicht in Ordnung war. Sollte sie sich jetzt entschuldigen, oder was?

Doch der Mann fuhr mit einem kurzen Kopfnicken wieder los. Simon sah ihm nicht hinterher. Er schaute auf Agnes.

»Keine Ahnung, was los ist. Der ist manchmal unberechenbar.«

Klang ja nicht so gut. Agnes sah den Blonden, der Simon hieß, endlich einmal richtig an. Das heißt, sie hätte es gern getan, aber sie genierte sich mal wieder. Typisch. Agnes hätte sich ohrfeigen können, wenn sie so verklemmt war. Nicht nur bei Jungen. Immer, wenn Agnes neue Leute kennenlernte, fühlte sie sich so verdammt unsicher. Vergaß garantiert die Namen und konnte sich nachher höchstens an einen Pickel auf der Stirn oder an sonst was Blödes erinnern.

Noch mal zwang sie sich, diesen Simon anzusehen, doch sie schaute sofort wieder weg, sie war einfach nicht gut drauf heute. Die verdammten Zahnschmerzen, außerdem fühlte Agnes sich so gepflegt wie ein Klo im Balkan-Express. Daher sagte sie zu Simon, dass sie keine Lust habe, mitzukommen ins »Freiheit«.

Simon zeigte höchstens ein leises Erstaunen. »Du bist aber hoffentlich nicht zickig? Na, musst du wissen. Tschüss!«

Agnes sah ihn die Nymphenburger Straße hinuntergehen, zwischen den Leuten auf dem Gehsteig wirkte er ziemlich lang. Und allein. Agnes tat es plötzlich leid, dass sie nicht doch mitgekommen war. Aber dann fiel ihr sein seltsamer Vater ein, und sie dachte, dass sie an ihrem Ersatzvater genug habe.

»Sashimi«, dachte Agnes. Es war, als müsse sie sich Simon ausreden, weil er ziemlich gut aussah und weil er das mit dem blöden japanischen Essen erzählt hatte.

Agnes fand sich plötzlich doof. Doof. Doof. Wahrscheinlich war sie nur neidisch auf den Typen mit seinem Sashimi. Der Sozialneid. Agnes wusste über sich Bescheid. Sie hatte es in der Zeitung gelesen, dass dieses Phänomen immer weiter um sich griff in der Gesellschaft. Dieser Simon hatte reiche Eltern. Zumindest war das Auto seines Vaters geldig.

Eigentlich könnte Simon sich wenigstens einmal umdrehen. Wenn er sich umdreht, winke ich ihm, dachte Agnes. Oder ich renne ihm nach.

Aber er sah sich nicht um. Agnes war es auch lieber, dass er sich nicht umdrehte. Komm, dreh dich doch um, Sashimi.

Aber dazu war er eben zu arrogant. Das hatte Agnes auf den ersten Blick gespürt. Wie gut, dass sie nicht mit ihm ins »Freiheit« gegangen war. Obwohl es da immerhin lustiger war als zu Hause. Eigentlich sah Simon ja richtig gut aus. Agnes hatte diesen Jungen noch nie vorher gesehen. Die Chance, dass sie ihn noch mal an einem Sonntagabend in der U-Bahn wiedertreffen würde, war verdammt klein. Aber es gab Telefonbücher. Da drin standen bestimmt tausend Wölfe mit einem bis drei F. Agnes würde nicht nachsehen. Der Typ war einfach nichts für sie. Seine Eltern spielten sicher Golf und luden Fotografen der ›Abendzeitung‹ ein, wenn einer von ihnen Geburtstag feierte oder so.

Agnes lief durch den Park. Gemessen am Nymphenburger Park oder am Englischen Garten verdiente dieser hier den Namen nicht. Doch Agnes liebte ihn. Vielleicht, weil er so dürftig war. Und sie nannte ihn auch Park, obwohl höchstens vierunddreißig Bäume drin standen und man am Eingang bereits die Straße auf der anderen Seite sah. Grünwald Park hieß er und kein Mensch wusste, wo der war, wenn Agnes ihn erwähnte. Es gab im Grünwalder auch einen Kiosk, um den es sich die

Berber mit ihren Tölen gemütlich machten. Hier waren sie geduldet. Die meisten Leute machten einen Bogen um die sogenannten Penner, von denen sie nichts weiter wussten, als dass sie so was wie Stadtratten waren und ständig Zwei-Liter-Bomben Rotwein leer machten. So einer war auch der Typ gewesen, den Agnes heute auf der Bahnhofstreppe gesehen hatte.

Agnes war gerade vom Zug gekommen und wollte zur U-Bahn. Sie hatte den Mann gesehen, wie er taumelnd versuchte, die Treppe zum Perron hochzusteigen; wie er dabei das Gleichgewicht verlor und krachend auf den Hinterkopf aufschlug. Agnes hatte gezögert. Ihr fiel auf, dass die Leute um den Gestürzten einen Bogen machten wie um ein Gepäckstück oder so was. Der Mann hatte sich, von Agnes gestützt, langsam aufgerichtet. Dabei hatte Agnes gesehen, dass er unter dem rauen Wollmantel nichts anhatte, nicht einmal Unterwäsche.

»Sie sind verletzt. Sie bluten«, hatte Agnes festgestellt.

»Macht nix, ich bin sowieso fertig.«

Sachlich hatte der Mann das gesagt. Feststellend. Aus seinem dichten, starken Haar rann das Blut dunkel heraus. Der Mann sah gut aus, irgendwie, und Agnes war über diese Feststellung überrascht gewesen. Er hatte auch nicht nach Alkohol gerochen wie die Berber vom Kiosk. Vielleicht hatte er nicht einmal mehr dafür Geld gehabt.

Plötzlich war dem Mann übel geworden. Er hatte gewürgt.

Agnes war losgerannt, hatte die Bahnpolizei gesucht. Die Bahnhofsmission. Irgendwer musste sich doch um den Mann kümmern. Der hatte sicher eine Gehirnerschütterung. Schließlich hatte Agnes zwei Beamte der

Bahnpolizei entdeckt. Als sie den Mann gesehen hatten, wollten sie weitergehen. Doch Agnes hatte darauf bestanden, dass sie einen Krankenwagen riefen.

»Glauben Sie mir, der hat eine Gehirnerschütterung. Gleich wird er erbrechen.«

Die Polizisten waren sichtlich genervt gewesen, hatten den Kopf geschüttelt, aber schließlich hatten sie doch in ihr Handy gesprochen.

»Tschüss, alles Gute!« Mehr war Agnes nicht eingefallen, als der Mann auf der Trage lag und in den Wagen geschoben wurde.

»Ich bin fertig«, hatte der Mann wiederholt, und Agnes war froh, als er samt seiner Hoffnungslosigkeit weggefahren war.

Genauso erleichtert war sie immer, wenn sie die Penner im Park wieder auf ihrer Bank zurückließ. Agnes fragte sich oft, warum sie sich verantwortlich fühlte. Leute, die im Dreck saßen, zogen sie magisch an. Sie musste dann irgendetwas tun. Irgendetwas. Aber dann wollte sie wieder davon loskommen, sehnte sich nach Lula, nach der dicken gemütlichen Patti und nach Danda. Nach Frizzie und Pauline. Sie hatten alle Elternhäuser, die man *heil* nennt, weil Vater, Mutter, Kinder und auch genügend Geld vorhanden waren. Heile, heile Segen. Agnes dachte, dass eine heile Familie Trost bedeuten müsse. Denn früher, als sie noch heile waren, Michael, Juliane und Agnes, früher hatte es immer einen Ausweg oder ein Versteck gegeben.

Und heute? Shit. Wenn Agnes' Mutter noch lange in der Klinik liegen musste, wenn sie nie wieder arbeiten konnte, würde Andreas ihnen vielleicht eines Tages die Wohngemeinschaft kündigen. Die zwölfhundert Mark, die Juliane und Agnes zur Miete beisteuerten, konnten sie nur aufbringen, weil Michael, Agnes' Vater, so viele Fernsehkrimis geschrieben hatte. Sie wurden oft wiederholt, und zwar in ganz Europa, und dann bekam Agnes das Geld. Doch wenn es damit zu Ende ging, bevor Agnes selber verdiente, wenn, wenn, wenn …

Agnes spürte plötzlich, dass sie müde war. Kalt war ihr auch. Sie wollte nach Hause, ins Bett, so schnell wie möglich. Daher lief sie gleich an der Kreuzung in den Park, hüpfte um die Pfützen und den Matsch herum, und atmete tief durch. Agnes hoffte, dass der Freund ihrer Mutter noch im Kino wäre, wenn sie jetzt nach Hause kam.

Seltsam, immer, wenn Agnes von zu Hause weg war, und sei es auch nur für ein paar Stunden, immer stellte sie sich vor, dass Andreas etwas passiert sein könnte, sodass sie ihn endlich los wäre. Aber nein. Er saß dann gesund und munter daheim am Computer, scheute Schnee, Wind und Regen ebenso wie die pralle Sonne, und er würde sicher am Jüngsten Tag immer noch dort sitzen.

Um ihren Rückweg wenigstens etwas zu verschönern und auszudehnen, überquerte Agnes jetzt die Südliche Auffahrtsallee und setzte sich für einen Moment unter den komischen Tempel, in dem ein ebenso komischer Hirsch stand, den man zur Erinnerung an einen der jagenden Wittelsbacher hier aufgestellt hatte. Dieser tote Hirsch hatte vielleicht einen exklusiven Wohnsitz! Agnes war mal wieder neidisch. Von keinem Platz der Welt aus konnte man so ungestört über den Kanal und die Brücken bis zum Nymphenburger Schloss schauen. Hier saß Agnes oft, und manchmal wünschte sie sich, sie könnte bleiben und einfach so ein bisschen versteinern;

dann würde sie für immer zusehen, wie Frühling, Sommer, Herbst und Winter kamen und gingen und den Kanal immer neu dekorierten. Agnes wusste gar nicht, zu welcher Jahreszeit er am schönsten war.

Ach ja! Agnes seufzte. Taschentuch hatte sie wieder keins, daher zog sie die Nase rauf und ging von der Nördlichen Auffahrtsallee zurück auf die Waisenhausstraße, wo sie seit etwa vier Jahren wohnten. Vor ihrem Haus war eine U-Bahn-Baustelle, ein großer, eingezäunter Platz in der Straße. Mit Hütten und Pissoirs, mit Baukränen und Traktoren. Männer mit Helmen folgten eigenen Gesetzen. Manchmal zitterte das Haus, in dem Agnes lebte, von den Riesenbohrern und Hämmern, die sich unter der Waisenhausstraße her einen Weg fraßen bis zum Westfriedhof. Die Toten würden sich umschauen, wenn es erst bei ihnen losging mit dem Baulärm. Vom Dreck bekamen sie ja wohl weniger mit.

Aber nicht die Baustelle war schuld, dass Agnes sich so oft nach Schwabing sehnte. Agnes war dort zur Schule gegangen, ihre schönsten Erinnerungen verband sie mit diesem Viertel.

Juliane zog mit Agnes kurz nach der Scheidung zu Andreas. Agnes wohnte jetzt, da ihre Mutter in der Klinik lag, mit Andreas hier alleine.

Früher, als ihre Eltern noch nicht geschieden waren, hatten sie alle drei in der Elisabethstraße in Schwabing gewohnt. Agnes fuhr oft mit dem Rad an dem gelben Haus vorbei, über dessen Haustür ein weißer Bogen gemalt war. Daran hatte Agnes sich immer gut orientieren können, als sie noch klein war und sich nicht so gut auskannte. Wenn sie aus dem Kindergarten und später aus der Grundschule kam, hatte ihr Vater oft aus dem

Fenster nach Agnes Ausschau gehalten. Wenn Agnes ihn gesehen hatte, war sie gerannt, als wären mindestens fünf tollwütige Hunde hinter ihr her. Und ihr Vater hatte Agnes aufgefangen und herumgewirbelt, als hätte er sie hundert Jahre nicht gesehen, mindestens.

Michael war nach der Scheidung in der Wohnung geblieben, Agnes hätte viel lieber bei ihm gewohnt, als mit ihrer Mutter zu Andreas zu ziehen. Es tat immer noch weh, wenn Agnes daran dachte. Am Umzugstag wäre Agnes am liebsten nicht aufgestanden. Sie war zwölf gewesen damals, aber sie wusste noch ziemlich gut, wie mies sie sich an diesem Morgen gefühlt hatte. Ein Trümmerhaufen, das war ihr Leben. Agnes war sich darüber klar gewesen, dass sie übertrieb und dass es jede Menge Zwölfjährige gab, deren Eltern sich scheiden ließen. Aber nicht Michael und Juliane. Sie nicht! Es sollte gefälligst alles so bleiben, wie es war. Agnes wollte ihr Zimmer behalten und die große Diele, wo der Flügel stand. Und Weihnachten sollten sie ihretwegen tausend Lieder darauf spielen, Agnes würde nicht mehr darüber motzen. Und sie wollte mit Juliane und Michael zum Essen gehen, stundenlang, und auch ins Kino, wenn sie wollten, und im Urlaub würde sie garantiert in jedes Museum rennen. Versprochen!

Damals hatte Agnes oft das Gefühl gehabt, als hätten sich Juliane und Michael getrennt, weil sie oft so motzig gewesen war und den beiden den letzten Nerv geraubt hatte.

Wegen Agnes hatte Michael nicht mehr mit Juliane auf Tournee gehen können. Auch seinen Job bei der Filmproduktion hatte ihr Vater aufgegeben, als Agnes geboren wurde, weil ja einer bei dem Baby bleiben musste. Michael hatte als freier Autor gearbeitet, und Agnes war vor Stolz schier geplatzt, wenn ein Film gesendet wurde, dessen Stoff von ihrem Vater war. *Drehbuch: Josef Michael Ruge* stand dann im Abspann.

»Ich bleib bei Michael«, hatte Agnes am Auszugstag gesagt.

Juliane, die genervt zwischen den gepackten Kisten herumrannte, hatte sich in ihre langen Haare gegriffen. Das tat sie immer, ehe sie explodierte.

»Du gehst mit mir. Ich hab das Sorgerecht für dich!«, hatte Juliane gesagt.

Agnes war zu Michael gerannt, der sich einen Kaffee kochte. Das hatte er pausenlos getan. Kaffee kochen, Aschenbecher ausleeren. Agnes konnte das auch, und sie hatte es für Michael machen wollen, jeden Tag.

»Michael, warum kann ich nicht hierbleiben? Hier hab ich die Schule und die Patti und alles. Und du kannst viel besser für mich sorgen als Juliane. Sie ist doch immer im Theater.«

Das letzte hatte Agnes sich nur zu sagen getraut, weil Juliane schon wieder runtergesaust war zum Umzugswagen. Michael hatte jetzt seinen Kaffee zum Durchlaufen gestartet, sich eine Zigarette angezündet.

»Agnes Julia«, hatte Michael gesagt. Das war immer seine Anrede gewesen, wenn er Agnes etwas Unangenehmes hatte verklickern müssen. Agnes war in diesem Moment klar geworden, dass ihr Vater sie nicht behalten konnte. Oder wollte. Dass er Juliane unterlegen war. Wie so oft.

Agnes hatte schon mitgekriegt, dass es allein Juliane war, die im Haus Ruge bestimmte, wo es langging. Als Juliane und Michael Kinder gewesen waren, hatten die

Eltern von Juliane ziemlich viel Geld gehabt, und sie waren adelig gewesen. Die Mutter von Michael war putzen gegangen, sein Vater war Mechaniker bei BMW gewesen. Agnes hatte schon als kleines Kind so ein unbestimmtes Gefühl gehabt, als ob Juliane sich oft über Michael erhaben gefühlt hätte. Auch über Agnes. Und wenn Juliane jetzt bestimmt hatte, dass Agnes bei ihr wohnen müsse, dann konnte Michael nichts dagegen machen. Das hatte Agnes instinktiv gespürt. Und sie hatte sich hundeelend gefühlt.

»Agnes Julia«, hatte da ihr Vater wieder gesagt. Er war ganz nah zu Agnes gekommen, hatte fest den Arm um sie gelegt und sie überall auf dem Gesicht geküsst. Agnes hatte gespürt, dass Michael gleich heulen würde und sie auch. In dieser Sekunde war Agnes klar geworden, dass es Juliane war, die Michael verlassen hatte. Agnes hätte niemandem erklären können, warum sie das so sicher wusste. Aber sie hatte es gewusst.

»Ich wär froh, wenn du bei mir bleiben könntest, Agnes. Aber Juliane will es nun mal nicht. Sie kriegt nur noch wenige Rollen, das weißt du, sie will jetzt endlich etwas von dir haben, sagt sie. Es stimmt ja. Als du ein Baby warst, haben wir beide ganz eng zusammengelebt, du und ich. Und wenn ich doch mal verreisen musste, für Recherchen und so, dann hast du mir in mein Gepäck immer ein Spielzeug von dir reingeschmuggelt. War eine tolle Zeit, Agnes.«

War es tatsächlich gewesen, verdammt.

Jetzt wohnten in dem gelben Haus mit dem weißen Bogen über der Tür andere Leute, und Agnes wollte gar nicht wissen, wer. Wenn sie in den Englischen Garten radelte, fuhr sie nicht mehr durch die Elisabethstraße.

Ständig hatte sie da an Michael denken müssen. Ihr Vater hatte ausgesehen wie Robert Redford, ehrlich! Nur hatte er braune Augen zu seinem hellen Haar gehabt, und Agnes hatte ihren Vater anfassen und mit ihm schmusen können. Agnes war ihm sogar wichtiger gewesen als seine Freundin.

Michael hatte nach der Trennung von Juliane lange alleine gelebt. Er war ziemlich häufig krank, und wenn Agnes an den Wochenenden bei ihm gewesen war, hatte sie ihn oft über die Kloschüssel gebeugt gesehen, wo er sich unter lautem Stöhnen erbrach.

»Michael, was fehlt dir?« Agnes hatte beim ersten Mal vor Angst fast in die Hose gemacht.

»Ach, mach dir nichts draus. Ich rauche zu viel, trinke zu viel Kaffee und esse zu wenig. Deshalb streikt mein Magen. Der beruhigt sich auch wieder.«

Agnes hatte sich damit zufriedengegeben. Dass ihr Vater krank sein könnte, diesen Gedanken hatte sie weit von sich geschoben. Es hatte ja auch alles gestimmt, was ihr Vater sagte. Gegessen hatte er wie ein Spatz, immer schon. Agnes schaufelte bestimmt die doppelte Portion in sich rein. Aber als sie Michael damals essen gesehen hatte, was so viel bedeutete, wie ein wenig auf dem Teller herumzustochern, da hatte sie auch keinen Appetit mehr gehabt.

Einmal hatten sie im Englischen Garten am Chinesischen Turm gesessen. Da war eine junge Frau mit dem Rad gekommen. Sie hatte sich neben Michael auf die Bank gesetzt, hatte Agnes spontan die Hand gegeben und gesagt, dass sie Hortense heiße. »Ich kann nichts dafür. Es ist auch kein Künstlername. Ich heiße halt so.«

Dabei hatte sie Michael liebevoll zugeblinzelt, und

Agnes war in derselben Sekunde klar gewesen, dass sie Michaels Freundin war. Klar, dass er eine hatte. So toll wie der aussah! Aber diese Hortense war auch ziemlich knackig. Einen ganz dunklen Pagenkopf hatte die und wahnsinnig rote Lippen. Ihre Haut war hell, deshalb fiel das auch so auf mit den Lippen. Und Agnes hatte es ziemlich anständig von der Frau gefunden, dass sie nicht mit Michael rumgeknutscht hatte und so.

Ein bisschen wie Juliane sieht Michaels Neue aus, hatte Agnes damals gedacht. Ihr war eingefallen, dass man sich immer denselben Typ aussucht, wenn man sich verknallt. Auch wenn es mit dem Vorherigen schiefgegangen ist. Agnes hatte das irgendwo gelesen.

Es war dann ziemlich lustig gewesen am Chinesischen Turm, und auch später, als Michael schon tot war, hatte sich Agnes mit Hortense dort getroffen. Inzwischen hatten sie es zu einer festen Einrichtung gemacht, nur im Winter gingen sie zu Häagen-Dazs, Eis essen. Agnes ruinierte sich für Praline mit Cream. Doch wenn sie Hortense traf, war Agnes eingeladen. Natürlich sprachen sie ständig von Michael, und in der ersten Zeit hatten Hortense und Agnes immer mal wieder geheult. Manchmal dachte Agnes, dass Hortense ihr näher sei als Juliane.

Ihre Mutter sprach kaum über Michael, sie lehnte es überhaupt ab, mit Agnes über irgendwelche Gefühle zu reden. Auch nicht über die Misere mit Andreas. Denn dass da was schieflief, das konnte ein Blinder mit dem weißen Stöckchen fühlen.

Puhh, Agnes war mal wieder mit ihren Gedanken weit weg gewesen. Irgendwann würde sie noch unter ein Auto rennen oder gegen den Bus, so vertieft war sie manchmal. Und zu all den Menschen, die in Agnes'

Kopf herumgeisterten, kam jetzt noch der Blonde, der Simon hieß, und sein komischer Vater. Morgen musste Agnes das unbedingt Lula erzählen.

»Agnes, bist du das?«

Wer sollte es sonst sein? Immer dieselbe idiotische Frage von Andreas. Agnes ließ schweigend ihren Rucksack fallen, hängte den Mantel an den Haken und versuchte, alles möglichst leise zu tun. So, als könne sie dann noch ein wenig mit ihren Gedanken allein sein.

Doch es ging schon wieder los. Andreas war wirklich manchmal ätzend.

»Agnes, kannst du mir bitte ein Handtuch bringen?«

Sie hatte gerade in der Küche ein Glas Wasser getrunken und verschluckte sich fast an dem Rest. Jetzt schob der doch wieder diese Tour! Wenn er nackt aus der Wanne kletterte, sollte Agnes reinkommen und sich genieren, oder was. Andreas wollte Agnes provozieren. Das gab er sogar zu, wenn er Lichtblicke hatte. Sie hatte ihm schon erklärt, dass dieser Blödsinn sie anschnarchte, doch sie musste es diesem Idioten offenbar noch öfter sagen.

»Hol dir dein Handtuch doch selber!«

»Aber ich mach doch alles nass in der Wohnung.«

»Dann bleibst du eben stehen, bis du trocken bist.«

Agnes kroch bis zu den Hüften in den Kühlschrank, es war trotzdem nichts darin zu finden, wovon man etwas Anständiges hätte kochen können. Dabei hatte Agnes gestern Schinken gekauft, Käse und Dosentomaten, aber nichts mehr war davon zu finden. Okay, dann gab es eben Spaghetti pur.

»Na? Rieche ich nicht toll? Armani!«

Andreas war auf nackten Füßen hereingekommen. Er

hatte das Badehandtuch um sich gewickelt und hielt Agnes jetzt seine frisch rasierte Wange hin.

»Erstens riecht das Armanizeug eklig, zweitens hast du mir alles weggefressen, drittens bist du nicht Nabokow, und viertens bin ich nicht Lolita. Und wenn du nicht aufhörst, mich anzumachen, zeige ich dich bei der Kripo Abteilung Sitte an und lass mich im Heim unterbringen. Da habe ich wenigstens meine Ruhe und regelmäßig was zu essen.«

»Jetzt mach nicht so einen Zirkus! Ich hab mich gefreut, dass du wieder da bist, und du drehst durch, wenn ich einen Spaß mache. Agnes! Ich kann nichts dafür, dass ich nicht Michael bin! Dein Götter-Vater! Aber wir leben nun mal zusammen, du und ich. Wie hättest du es denn gern? Sag mir doch, was soll ich tun, damit du mich nicht anfauchst wie eine tollwütige Katze.«

»Ich sage dir, lebe wild und gefährlich.«

Für einen Moment sah Andreas Agnes misstrauisch an, doch Agnes lachte. Schließlich lachte Andreas auch, und er zog Agnes erleichtert an sich. In seinem Zimmer hing nämlich ein Bild, auf dem ein mickriges Kerlchen zu sehen war, das Arthur hieß. Und Arthur sagte: *Du fragst mich, was soll ich tun, und ich sage dir, lebe wild und gefährlich.* Agnes liebte dieses Bild, und wenn sie ehrlich zu sich selber war, dann musste sie zugeben, dass Andreas gar nicht so übel war. Und wenn er tatsächlich ihrem Vater Juliane abspenstig gemacht hatte, dann war er zumindest nicht alleine dran schuld.

Aber jetzt konnte er Agnes auch ruhig wieder loslassen. Wenn er sie umarmte – okay. Aber sie immer so fest an sich zu drücken, das fand Agnes übertrieben. Gingen sie durch die Straßen, legte Andreas garantiert seinen

Arm um Agnes' Schulter. Obwohl sie sich sofort wegdrehte, tat er so, als bemerke er das nicht, und machte Minuten später denselben Quatsch wieder.

»Mann, hör doch auf«, sagte Agnes dann genervt. Und Andreas entgegnete im selben Ton, dass Agnes doch aufhören sollte, ihn auszugrenzen. Das brachte Agnes dann wieder auf hundertachtzig. Andreas hatte Psychologie und Soziologie studiert, und er ließ das raushängen, indem er diese beknackten Wörter benutzte, wie abspalten und einbringen und ein Stück weit und so.

Agnes wusste, dass ihre anfallartige Abneigung gegen Andreas ungerecht war. Juliane sagte ihr das immer wieder, und da war sicher was dran. Andreas konnte ja nichts dafür, dass Agnes ihren Vater hergeben musste.

Als die Ärztin damals aus der Klinik angerufen hatte, war Agnes zum ersten Mal in ihrem Leben gestorben.

Das Telefon hatte geschellt. Agnes ging dran, weil Juliane im Bad war und Andreas irgendwas im Keller suchte, wo sein Archiv war.

»Ist dort Ruge, sind Sie Frau Ruge?«, hatte die Stimme am Telefon gefragt.

Agnes wusste bis heute nicht, warum sie einfach Ja gesagt hatte. Jedenfalls hatte die Stimme weitergeredet.

»Ihr Mann ist soeben verstorben. Bitte kommen Sie, sobald Sie können, damit alles geregelt werden kann.«

Es hatte aus Agnes herausgeschrien. Nicht Agnes hatte geschrien, da war etwas in ihr, das schrie. Juliane war gekommen, hatte Agnes in die Arme nehmen wollen, aber Agnes war abwehrend, fast feindselig gewesen. Und sie hatte schreien wollen, schreien, ganz alleine schreien.

»Sie muss jetzt alleine sein.« Das war Andreas' Stimme gewesen. Er hatte Juliane zur Tür hinausgeschoben, und dafür würde Agnes ihm noch in hundert Jahren dankbar sein.

Hatte Juliane Michael verlassen? Agnes sah das heute noch so. Doch weder ihr Vater noch Juliane hatten jemals mit Agnes darüber gesprochen.

Einmal, es war an einem Sonntag gewesen, ungefähr zwei Jahre vor Michaels Tod, da hatte Agnes bei ihrem Vater übernachtet. Sie hatte es geliebt, heimlich aufzustehen, in ihre vertraute Küche zu gehen und für sich und Michael das Frühstück zu machen. Kaffee, Orangensaft, Toast und hart gekochte Eier. Jawohl, Agnes und Michael waren immer scharf auf Ostereier gewesen.

Sobald sie alles vorbereitet hatte, war Agnes auf den Balkon gegangen, hatte über die Dächer und runter auf die Elisabethstraße geschaut und schon war wieder dieses Gefühl da gewesen. Immer diese Scheißsehnsucht nach dem, was vorbei war. Davor musste sie sich hüten.

Rasch war Agnes zu Michael ins Bett geklettert, hatte sich an seinen Rücken geschmiegt, und Michael hatte dann so getan, als käme er aus dem tiefen Brunnen des Schlafes mühsam nach oben und wäre total erstaunt, Agnes vorzufinden. Das gehörte zum Spiel. Seit der Scheidung hatte Agnes im Doppelbett auf Julianes Platz geschlafen. Ein komisches Gefühl, irgendwie, aber es war schön gewesen für Agnes. Schließlich war sie damals schon zwölf und hatte sich so ihre Gedanken gemacht.

Beim Frühstück hatte Agnes ihren Vater dann gefragt. »Warum sind wir nicht mehr alle zusammen, du, Juliane und ich?«

»Weil Juliane und ich geschieden sind, das weißt du doch.«

Michael hatte diese Fragen gehasst. Agnes war das auch völlig klar gewesen, aber sie hatte es genauso gehasst, immer im Unklaren gehalten zu werden. Schließlich war sie alt genug, um zu wissen, was los war.

»Wir sind uns fremd geworden, Juliane und ich.«

»Wie – fremd? Ihr kanntet euch doch seit der Schule, da wird man sich nicht fremd.«

Michael hatte Agnes liebevoll angesehen. Er hatte sogar ihre Hand gehalten und ihr einen Kuss ins Haar gedrückt. Dann hatte er doch ein bisschen was rausgelassen:

»Ja, es war eine Schülerliebe. Wirst du schon auch noch erleben. Vielleicht auch nicht. Ich weiß nicht, ob man es sich wünschen soll. Juliane und ich jedenfalls waren wahnsinnig verliebt ineinander. Sie war das hübscheste Mädchen in ihrer Klasse, und ich war wohl auch ein ganz nett aussehender Knabe. Ständig rannten wir Hand in Hand durch die Gegend. Wahrscheinlich sind wir allen Leuten ziemlich auf die Nerven gegangen. Uns war es egal, wir wussten, dass wir zusammenbleiben wollten, egal wie. Na ja, dann ging das los mit dem Leben. Nach dem Abitur. Juliane wollte Schauspielerin werden, das wollte sie immer schon. Sie besuchte die Schauspielschule, ich studierte. Wir hatten gemeinsam ein Zimmer in der Tengstraße. Dann bekam Juliane ihr erstes Engagement, die Gruppe ging auf Tournee. Eine Trennung über Monate wäre das gewesen. Unvorstellbar für uns. Wir heirateten rasch, ich fuhr mit auf Tournee.«

»Und dein Studium, Papa?«

»Du sagst, es, Agnes. Mein Studium ging ziemlich in die Hosen dabei. Nach der ersten Tournee kam nämlich wieder eine, und so weiter.«

»Und du bist immer mitgefahren? Ging das Juliane nicht auf die Nerven?«

»Siehst du, du bist heute schon klüger als dein Vater damals. O Gott! Ich war so eifersüchtig. Damals unterstellte ich jedem Schauspieler, dass er hinter deiner Mutter her war. Die meisten waren das ja auch.«

»Und wie hast du dein Studium fertig gemacht?«

»Überhaupt nicht. Ich habe mich geärgert über die hirnrissigen Stücke, in denen Juliane aufgetreten ist. Über die bescheuerten Dialoge, die sie zu sprechen hatte. Dann haben wir beide angefangen, die Stücke abzuändern, die Dialoge anders zu schreiben. Juliane wollte das auch, unbedingt. Wir bekamen aber dann Ärger mit dem Produzenten und mit dem Regisseur. Juliane wusste, dass wir recht hatten, trotzdem zankte sie bald nur noch mit mir herum, weil sie durch mich Schwierigkeiten bekam, die sie alleine nicht gehabt hätte. Sie warf mir vor, dass ich ihr am Rockschoß hänge, dass ich glaubte, klüger zu sein als andere Leute, und so weiter.«

Agnes hatte noch mehr hören wollen, doch Michael hatte sich eine Zigarette angezündet und Agnes den Rauch ins Gesicht geblasen.

»Hör auf, mich zu löchern, Agnes, ich red nicht gern darüber. Denk mal an mich, wenn dir irgendwann in deinem Leben ein Traum kaputtgeht. Dann wirst du auch nicht endlos darüber sülzen wollen.«

Es half alles Reden nichts. Seit der Scheidung fühlte sich Agnes wie amputiert. Oder halbiert. Wie der letzte Depp eben. Wenn sie Michael besucht hatte, tat ihr alles unglaublich weh. Und wenn sie in die alte Wohnung gekommen war, auch. Agnes war sich sicher gewesen, dass alle Leute sie schräg anschauen würden, weil sie jetzt zu diesen kaputten Scheidungswaisen gehörte. Jedes fünfte Kind in Deutschland sei eine Scheidungswaise, hatte Lula irgendwo gelesen. Und wenn es jedes Zweite war, Agnes hatte um alles in der Welt keine Scheidungswaise sein wollen. Sie hatte sich gewünscht, dass alles so sein sollte wie früher, verdammt.

Michael hatte Agnes schließlich ein Foto geschenkt, auf dem Juliane und Michael am Standesamt zu sehen waren. Juliane mit sehr kurz geschnittenem Haar, fast wie ein Junge, sie lachte Michael strahlend an, und er lachte zurück, sodass es Agnes jedes Mal wehtat, wenn sie das Bild anschaute. Ehrlich – Michael war noch toller als Robert Redford. Und Juliane! Sie sah so stark aus auf dem Bild, so gesund. Agnes fühlte, dass wieder diese saublöde Bitterkeit in ihr hochkam. Ihre Eltern. Jung. Schön. Voller Liebe waren sie gewesen. Das sah man doch. Warum konnte das nicht bis in alle Ewigkeit dauern? Warum hatte Agnes nicht eine Familie wie Lula und Danda und die anderen?

Nein, sie hing hier mit diesem Andreas rum und sie hatte es manchmal verdammt satt. Agnes hätte gern gewusst, ob es wirklich Andreas gewesen war, der ihre Eltern auseinandergebracht hatte. Michael hatte immer gesagt, Agnes solle Juliane fragen, doch die bestand bis heute darauf, dass Eltern auch eine Intimsphäre hätten, und es ginge Agnes nichts an.

Inzwischen würde Agnes bei Juliane sicher schon intensiver nachfragen, doch jetzt lag Juliane in der Klinik, wurde immerzu operiert und konnte nicht einmal mehr an Krücken gehen. Die Ärzte sprachen schon von Kosten-Nutzen-Rechnung und so. Dabei waren sie schuld an Julianes Zustand. Zuerst hatte Juliane nur Schwierigkeiten mit dem Halswirbel gehabt. Dann musste sie operiert werden; dabei war irgendwas passiert, was die Ärzte sich nicht erklären konnten. Jedenfalls konnte Juliane danach monatelang nicht laufen. Dann ging es wieder aufwärts, Juliane konnte wenigstens mit einer Gehhilfe, so einem komischen Apparat, wieder gehen. Doch dann stürzte sie, weil das blöde Ding nicht ordentlich zusammengeschraubt und unter ihr zusammengebrochen war. Derzeit sah es wirklich wieder besonders mies aus.

»Am besten, ihr steckt mich kopfüber in den Mülleimer«, hatte Juliane heute gesagt. Agnes konnte das gut verstehen. Fast acht Monate lag ihre Mutter jetzt in Kliniken herum, daher hatten sie auch wenig Geld, Agnes und Juliane. Wenn nicht bald wieder ein Krimi von Michael im Fernsehen wiederholt würde, wären sie finanziell am Ende. Aber Michaels Krimis waren eben Sonderklasse, das hatte auch in dem Nachruf in der Zeitung gestanden, und Agnes war Michaels Erbin. Das Honorar ging auf ihr Konto, und so waren sie wenigstens nicht nur auf Andreas angewiesen.

Andreas schrieb auch Drehbücher. Meist schrieb er an so total beknackten Serien mit, und oftmals wurden seine Bücher vom Sender nicht abgenommen. Das konnte durchaus bedeuten, dass die Bücher zu gut waren. Jedenfalls sagte das Juliane.

»Man kann ja täglich auf dem Bildschirm sehen, was die Redakteure *abnehmen.* Offenbar lassen sie den größten Schrott in die Produktion gehen. Und dann denunzieren sie die Autoren. Sagen, dass es keine guten Autoren gebe in Deutschland. Man sollte mal nachfragen, ob es noch gute Redakteure bei den Sendern gibt.«

Wenn ein Redakteur so ein Drehbuch nicht *abnahm,*

bedeutete das, dass Andreas nur einen Teil des Honorars bekam. Agnes erfüllte es mit einer heimlichen Genugtuung, wenn Andreas offenbar kein so erfolgreicher Autor war wie früher ihr Vater.

»Du hasst Andreas. Gib doch zu, dass du ihn nicht ausstehen kannst!«

Juliane hatte es Agnes vorgeworfen, weil Agnes wissen wollte, wann denn die von Andreas geschriebenen Folgen der Serie gesendet würden. Damals war Agnes jedoch noch ahnungslos gewesen, sie hatte es einfach nicht mitbekommen, dass der Sender die Bücher zurückgewiesen hatte.

Juliane hatte offenbar ziemlichen Frust geschoben und wollte ihn auf Agnes abladen. Wütend war sie auf Agnes losgegangen.

»Ständig schwärmst du Andreas von den Krimis deines Vaters vor. Zählst ihm die Wiederholungen auf. Zeigst ihm die Kritiken. Das hat doch Methode, mir kannst du nichts vormachen!«

Agnes fragte sich, ob Juliane recht hatte, ob sie Andreas wirklich hasste, weil seine Niederlagen ihr guttaten. Nein. Sie hasste Andreas nicht. Nicht wirklich. Sie versuchte sogar ständig, ihn zu mögen, solange sie davon ausgehen konnte, dass er Juliane liebte. Dessen war sich Agnes aber nicht mehr sicher. Schon lange nicht mehr.

Andreas hatte auch heute noch nicht mit einem Wort nach Juliane gefragt. Besucht hatte er sie schon seit Wochen nicht mehr. Als Grund gab er an, dass er ein Drehbuch bis Ende September fertig schreiben müsse. Es war Anfang August, und er schrieb schon seit Wochen an dem Ding.

Jetzt war er im Bad und föhnte seine Haare. Ging er

noch weg? Dazu hatte er offenbar immer Zeit. Agnes knallte den Spaghettitopf auf die Herdplatte.

»Könntest ruhig mal fragen, wie es Juliane geht«, rief sie in Richtung Bad.

»Wir haben ja vorgestern noch telefoniert. Ist ja doch immer dasselbe. Da geht ja nichts weiter.«

»Dann ist es ja gut, dass ich dich auch nicht von Juliane grüßen soll.«

Jedes Mal, wenn Agnes sich vornahm, lieb zu Andreas zu sein, benahm der sich so daneben, dass Agnes wieder Wut auf ihn bekam.

»Ich denke, du musst arbeiten? Wenn du Zeit zum Ausgehen hast, hättest du ja auch mal wieder Juliane besuchen können. Ich find das ganz schön beschissen, wie du sie allein da rumhängen lässt.«

Andreas kam jetzt in die Küche. Er trug seine schwarze Lederjacke, ein schwarzes Hemd und roch wie eine ganze Parfümabteilung.

»Kümmer du dich um Mathe, damit du nicht wieder eine Fünf kassierst, ja? Und misch dich nicht in Sachen, die du nicht kapierst und die dich nichts angehen.«

Andreas ging und ließ absichtlich die Tür kräftig hinter sich ins Schloss fallen.

Jetzt war wieder Qualm in der Bude. Immer dasselbe. Wenn den Alten keine Ausrede einfällt, erinnern sie einen an die Schule und daran, dass man erst sechzehn ist. Und dann hauen sie ab mit der Begründung, dass man ihnen das Zuhause verleide.

Doch Agnes war froh, dass Andreas weggegangen war. So konnte sie in Ruhe Lula anrufen. O Gott, und morgen kam ja in der ersten Stunde Chemie dran, die Alkalimetalle. In der letzten Stunde hatten sie sich mit homolytischer und heterolytischer Bindungstrennung beschäftigt, und Agnes hatte wieder mal nicht den leisesten Schimmer, worum es da eigentlich ging. Gut, dass Lula in Chemie eine Leuchte war. Agnes würde ihr dafür eine wunderbare Englischübersetzung machen. Vorausgesetzt, dass diese bescheuerten Zahnschmerzen endlich aufhörten.

Agnes warf zwei Aspirin in ein Glas Wasser, und während die Tabletten sich auflösten, wählte sie Lulas Nummer. Es war besetzt. Was sonst! Wenn Lula telefonierte, hatte man erst einmal Pause. Agnes versuchte es bei Patti, doch auch da nervte sie das Besetztzeichen. Agnes sah sie alle telefonieren, Lula, Danda, Alex, Pia, Frizzie und Paulina, alle Mädchen aus ihrer Klasse hingen jetzt am Telefon und sprachen das Wochenende durch. Agnes war zu müde, sich irgendwo reinzukrallen in den Telefonzirkus.

Morgen war auch noch ein Tag. Morgen musste Agnes Lula die CD zurückgeben. ›Les Misérables‹. Lula war mit ihren Eltern in London gewesen, und sie hatten sich das Musical angesehen. Seitdem war Lula davon nicht mehr losgekommen. Sie hatte in London ein Textbuch gekauft und die CD. Jetzt kannten alle in der Klasse die Geschichte, die nach einem Roman von Victor Hugo geschrieben worden war. Eine Revolution gab es da, hineinverstrickt die Wandlung eines Gauners, der von der Loyalität eines Bischofs so tief berührt wird, dass er es ihm gleichtun will an Menschenfreundlichkeit. Und Liebe gab es eine Menge, die Liebe Eponines und Cosettes zu Marius – und das Leid Fantines.

Agnes beschloss, zu duschen und Fantines Lied ›I Dreamed a Dream‹ zu hören.

There was a time when men were kind,
When their voices were soft
And their words inviting.
There was a time when love was blind,
And the world was a song,
And the song was exciting.
There was a time,
Then it all went wrong.

Agnes sang mit. Sie beneidete Lula, die die Songs perfekt alleine singen konnte. Manchmal sangen sie miteinander, Lula und Agnes. Lula bekam seit einigen Jahren Gesangsunterricht. Agnes hatte lange nicht gewusst, dass sie selber auch singen wollte.

Vielleicht war sie ja begabt, so wie ihr Vater früher. Michael hatte als Student in einer Rockband Schlagzeug gespielt. Und gesungen hatte er auch manchmal, sogar vor Publikum.

Bei Lula sah Agnes, wie wichtig Gesangsunterricht war. Atemtechnik. Aussprache. So, wie Lula sang, lagen Welten zwischen ihr und den anderen aus der Gruppe. Es musste einem viel Selbstvertrauen geben, wenn man wusste, dass man aus seiner Stimme alles herausholen konnte. Aber wer sollte die Stunden für Agnes bezahlen?

Doch Agnes spürte immer stärker, dass Singen für sie ein Ausweg sein könnte. Ein Ausweg aus der ganzen Misere. Wenn sie sang, wenn sie versuchte, ihre Stimme mit Fantines oder Lulas Stimme zu vermischen, dann war sie konzentriert, ganz bei sich, spürte ihren gesamten Körper. Manchmal war dann ein Gefühl, als könnte sie heraus aus allem, was sie einengte. Agnes fühlte sich beim Singen völlig allein, aber auch ganz eins mit sich selber.

2

»Agnes, Lula will die Pille! Weißt du das?«

O Mann! Lulas Mutter konnte einem aber wirklich eine reinsemmeln. Dabei mochte Agnes Frau Wagner. Und wie. Vor allem, weil sie sofort alles kapierte und ohne viel Worte einfach half. Als Juliane in die Klinik musste, hatte Iris Wagner angeboten, dass Agnes bei ihnen wohnen könnte, solange ihre Mutter nicht daheim war. Lula war begeistert gewesen, auch die dreizehnjährigen Zwillinge Anton und Leonie, einfach Toni und Loni genannt. Und die Aussicht, ständig die zweijährige Mascha durch die Gegend zu schleppen und mit ihr anzugeben, war auch ein großer Reiz für Agnes gewesen.

Doch Agnes hatte es schließlich nicht über sich gebracht. Es wäre zu offensichtlich geworden, dass mit ihrem eigenen Zuhause etwas nicht stimmte, und das wollte Agnes Juliane und auch Andreas nicht antun. Daher brachte sie Lulas Mutter einen Strauß Blumen und dankte ihr. Iris verstand Agnes, da brauchte es keine großen Erklärungen.

Iris hatte Agnes ihre Jüngste in die Arme gedrückt. »Mach bitte Mascha schnell eine neue Windel. Ich muss telefonieren!«

Das Kind, nach Lula und den dreizehnjährigen Zwillingen völlig ungeplant, hatte sogar der Familienkatze Ginger den Rang abgelaufen. Mascha hatte tellergroße

Augen, grün wie Minzblätter. Ihr kleiner Mund war feucht und süß wie eine frische Aprikose, und er war ständig zum Fragen geöffnet. »Was machst du?« »Was ist das?«, und so weiter. Wenn jemand telefonierte, fragte Mascha sofort: »Wer war das?« Dann blieb ihr Mund offen wie der Schnabel eines jungen Vogels. Agnes konnte sich nicht sattsehen an dem Kind.

Mascha nannte sich selber »der Baby«. »Der Baby will, der Baby mag nicht«, und so weiter. Der Baby war wohl gerade in der Papageienphase. Wenn es so was gab. Jedenfalls wiederholte Mascha ständig die letzten Worte eines Satzes, den einer gerade sagte. Wie alle Leute nannte auch Agnes die Kleine nur »der Baby« und hörte entzückt zu, wenn das Kind wieder als Echo unterwegs war.

So sah der Baby auch jetzt ernsthaft Agnes an und echote: »Pille. Weißt du das?«

Alle schauten auf Agnes. Natürlich wusste sie, dass Lula die Pille wollte. Lula ging schließlich seit dem vierten Advent fest mit Tobias, und jetzt war schon Frühling.

»Mann, Agnes, sag halt was! Die Iris zickt schon die ganze Zeit rum!«

Agnes spürte Lulas Ungeduld. Was sollte Agnes sagen? Lula und Tobias wollten miteinander schlafen, schon lange, das hatte Agnes gespürt, und Lula hatte es ihr eines Tages auch gesagt. Aber dass dieses Thema hier bei Spinat-Lasagne beackert wurde, war Agnes peinlich. Sie wünschte sich weit weg, aber Lulas Mutter ließ nicht locker.

»Du nimmst die Pille doch noch nicht, oder?«

»Hm, nein, na ja …« Verdammt, warum kann man sich nicht in Luft auflösen, dachte Agnes.

»Mama, du bist so unfair!« Lula schrie jetzt und warf ihre Gabel auf den Teller.

Der Baby hatte gerade Zeit, bedächtig »unfair« zwischen zwei Löffeln Spinat auszusprechen, da schrie Lula schon weiter: »Du schläfst doch auch ständig mit Papa, manchmal hören wir euch im ganzen Haus. Und mir willst du Moral predigen! «

Iris Wagner ließ sich nicht aus der Ruhe bringen. Noch nicht. Sie gab Tobias eine zweite Portion Lasagne auf den Teller, obwohl der nur noch aß, um nicht in die Runde blicken zu müssen. Agnes sah ihn schon alles wieder ausspeien, so spinatgrün sah Tobias aus. Man merkte ihm an, dass auch er sich weit weg wünschte. Mindestens auf die Galapagos-Inseln.

Einzig die Zwillinge schienen höchstes Interesse am Tischgespräch zu haben. Sie sahen sich sachkundig an, und Toni sagte triumphierend: »Ich bin auch geschlechtsreif. Wir hatten in Bio, dass man mit dreizehn geschlechtsreif ist.«

Seine Schwester Loni nickte bestätigend und ließ die anderen auch von ihrem eigenen Wissen profitieren: »Und außerdem ist ein Mann mit fünfzehn Jahren auf dem Höhepunkt seiner sexuellen Leistungskraft!«

Triumphierend sahen Toni und Loni in die Runde.

Überfordert echote der Baby: »Kraft.«

Toni ergänzte mit vollem Mund: »Der Tobias ist fünfzehn.«

»Fünfzehn«, sagte der Baby und war zufrieden mit diesem langen Wort.

Alle schauten auf Tobias, der gerade einen Löffel Spinat im Mund hatte und hustend würgte. Lula, die ansonsten ihren Geschwistern meist genervt den Mund verbot, war angenehm erstaunt über die hilfreichen Kenntnisse.

»Na bitte«, sagte Lula und blickte ihre Mutter dabei herausfordernd an.

»Anneli darf beim Thomas übernachten und er bei ihr daheim. Und Susa fährt mit Marc und seinen Eltern in Faschingsurlaub. Alle sind sechzehn. Wie Tobi und ich. Meinst du, dass diese Eltern moralisch verkommen sind, oder was?«

»Nein, Lula, das meine ich nicht. Und wenn, dann ginge es mich nichts an.«

Iris Wagner hatte ihre Serviette beiseite gelegt. Sie nahm einen Schluck Rotwein und sah Lula ernst an.

»Du hast mich neulich belogen. Du sagtest, du würdest bei Agnes übernachten, und ich hab dir geglaubt. Als ich morgens anrief und dich abholen wollte, weil so ein Sauwetter war, wusste Agnes von nichts. Von wegen unfair. Wer von uns beiden ist unfair? Du hattest bei Tobias übernachtet. Obwohl du wusstest, dass ich es nicht erlaube …«

»Nicht erlaube«, sagte der Baby schläfrig und manschte im Spinat. Am liebsten hätte Agnes die Kleine gefüttert oder sich sonst wie mit ihr abgesetzt, nur um von diesem Familientisch wegzukommen.

»Weil ich wusste, dass du es nicht erlaubst, deshalb!« Lula schrie jetzt richtig, und Agnes spürte, dass es Lula wieder einmal um den Kampf ging. Um die Diskussion vor Publikum. Diskutieren, bis einem das Gehirn qualmte und man nicht mehr wusste, worum es eigentlich ging, das war Lulas Leidenschaft. Sie hatte es auch voll drauf, die Lehrer im Unterricht so anzumachen; sie konnte die todlangweiligste Stunde auf diese Weise aufmischen und die Stoffmenge reduzieren, sodass alle etwas davon hatten. Außer den Lehrern natürlich.

Und jetzt, das begriff Agnes in diesem Moment, jetzt stritt Lula mit ihrer Mutter, und zwar nicht als Tochter, sondern als Frau. Und das ließ Iris sich nicht gefallen.

»Du nimmst dir ein Beispiel daran, dass ich mit deinem Vater schlafe. Das ist absurd. Immerhin bin ich achtunddreißig und dein Vater ist zehn Jahre älter, falls du das vergessen haben solltest. Wir sind seit siebzehn Jahren verheiratet, wir haben uns dieses Haus gebaut und arbeiten verdammt hart, um mit euch allen über die Runden zu kommen.

Jetzt willst du die Pille, weil du mit Tobias zusammen sein willst. Und ich soll euch applaudieren, soll euch das Bett machen. Ich will das nicht. Es widerstrebt mir. Mir ist es einfach zu früh!«

»Zu früh, zu früh!« Lula äffte ihre Mutter nach. »Willst du, dass ich schwanger werde? Ich gehe fest mit Tobias, kapier das doch mal!«

»Wenn man fest mit jemandem zusammen ist, braucht man dafür ein Zuhause. Ihr wollt so was wie eine Ehe, nur ohne jede Konsequenz. Ich soll hier für euch die Wäsche waschen, kochen, einkaufen, ihr wollt nur miteinander ins Bett. Alles ist geregelt von den Erwachsenen. Wo ist da das Schönste der Jugend, die Aufregung, das Abenteuer?«

Agnes sah, wie Lulas Augen sich zusammenzogen. Wie ihr ganzer Körper sich anspannte. Agnes kannte Lula, sie waren seit der sechsten Klasse zusammen. Ihr fiel ein, wie einmal bei einem Streit ein Junge Lula eine Cola ins Gesicht schüttete. Da hatte Lula sich auch derart angespannt, war auf den Jungen zugesprungen und hatte ihn so verdroschen, dass Agnes und die anderen Lula von dem Jungen hatten wegziehen müssen.

Und jetzt hatte Lula wieder diesen Ausdruck. Diesmal galt die Wut ihrer Mutter. Agnes spürte, wie sich ihre Nackenhaare aufstellten, sie wollte weg, nur weg.

Doch da schrie Lula schon: »Aufregung? Abenteuer? Was ist das? Klär mich mal auf! Ist es das, wenn Papa mit der Katalin rummacht, während du im Gericht bist?«

Katalin war das ungarische Au-pair-Mädchen von Wagners. Sie war für ein paar Tage daheim in Budapest. Agnes konnte sich nicht vorstellen, dass Lulas Vater …

»Gericht bist«, murmelte der Baby im Halbschlaf.

Agnes sah Iris an. Es war, als hätte ihr einer die Haut vom Gesicht abgezogen, die Augen schienen fast aus den Höhlen zu treten.

Iris sprang auf, sie schlug Lula mit der flachen Hand ins Gesicht, dann raffte sie den Baby an sich und sank schluchzend auf ihren Stuhl zurück.

Jetzt sprang auch Lula auf. Aller Zorn, alle Spannung waren verflogen. Lula brach förmlich vor Iris zusammen, umschlang ihre Mutter, streichelte sie: »Mami, Mami, das stimmt ja alles nicht, ich war ja nur so wütend, Mami, Mami, bitte …«

Anton und Leonie stürzten ebenfalls auf ihre Mutter zu, küssten und streichelten sie. Iris klammerte sich an ihre Kinder, und der Baby tapste mit den dicken Händen auf Iris' Gesicht herum.

Agnes und Tobias standen leise auf. Sie nahmen ihre Sachen und gingen hinaus.

»Shit«, sagte Tobias draußen im Flur.

Agnes nickte. Als kämen sie aus einer verlorenen

Schlacht, setzten sich die beiden draußen auf die Vortreppe.

Agnes wollte gar nicht wissen, ob Lulas Vater es mit Katalin machte. Auch die Vorstellung, dass Michael und Juliane miteinander geschlafen hatten und dass Juliane es jetzt mit Andreas tat, hatte sie immer erfolgreich beiseite geschoben. Doch jetzt musste Agnes sich dauernd Lulas Vater mit Katalin vorstellen.

Klaus Wagner war ein großer, schlanker Mann mit vielen Locken auf dem Kopf. Er sah immer wie ein älterer Junge aus. Katalin war eines jener angestrengt hübschen Mädchen, die ihr Geld für Kosmetika ausgaben und künstliche Strähnen in ihre Haare einflochten. Lula sagte auch, Katalin blockiere ständig das Bad und sei schon um sieben Uhr am Morgen so stark geschminkt, dass man keinen Millimeter ihrer Haut mehr hervorschimmern sah.

Was wollte Klaus Wagner mit Katalin? Agnes hatte immer gedacht, dass er zuverlässig sein müsse, irgendwie treu oder so, und er passte gut zu Iris, die ungeschminkt und sportlich war und eine Ponyfrisur hatte.

Agnes fand Iris sehr anziehend, ehrlich, die ganze Familie Wagner war ihr nah und vertraut. Und mit einem Mal war es ihr, als wäre die Sache mit Katalin ihr, Agnes, selber passiert, und sie spürte in sich die Empörung und den Schmerz, den Iris jetzt erlitt. Am liebsten wäre Agnes jetzt wieder hineingegangen und hätte alle umarmt und halb tot geküsst. Stattdessen spürte sie, wie sich im Hals ein Kloß bildete, der ihr fast die Luft nahm.

Sie hörte sich nur noch leise »Shit« sagen, und Tobias sagte auch wieder »Shit«. Agnes spürte den rauen Stoff seiner Jacke, und sie lehnte sich an Tobias, und er lehnte sich an sie. Plötzlich heulten sie beide, und Agnes wusste nicht, ob sie wirklich wegen Wagners heulte oder wegen Michael, Juliane oder wegen allen zusammen. Jedenfalls heulten sie und Tobias wie blöd, und jedes Mal, wenn sie sich beruhigen wollten, ging es von Neuem los.

Agnes hatte wieder kein Taschentuch. Sie fragte Tobias schniefend, ob er eines habe.

»Nee, hab keins. Höchstens ein Stück Klopapier. Hier.«

Tobias gab Agnes den zerknüllten Fetzen.

»Wir können uns so nirgends sehen lassen«, schluchzte Agnes.

»Wirklich nicht«, sagte Tobias. »Wir sollten auf dieser verdammten Treppe sitzen bleiben.«

3

»Ich hab immer gedacht, der Russel könne keine Mädchen leiden. Aber heute hat er uns ja richtig eine Liebeserklärung gemacht.«

Lula trug zufrieden ihre Schulbücher vorm Bauch. Sie hasste Taschen und hatte ihre Schulsachen immer irgendwie unterm Arm zusammengerafft, oder sie trug sie vor sich her wie einen Bauchladen.

Patti biss so temperamentvoll in einen Krapfen, dass die Vanillecreme ihr einen gelben Bart machte. Kauend erklärte sie, dass sie es süß gefunden habe, wie der Russel die Arbeitsblätter verteilte und dabei gesagt habe, dass er seine Schülerinnen seltsamerweise alle gerne habe.

»Das war richtig süß von ihm.«

»Na, krieg dich wieder ein! Außer deinen Krapfen ist an dieser Schule gar nichts süß. In der nächsten Ex macht er uns wieder fertig.«

Agnes musste Patti immer bremsen. Sie fand grundsätzlich alles süß und weinte fast vor Rührung, wenn Lehrer nett waren.

Patti war ungefähr einssechzig groß und wog jede Menge Kilo, und die Lehrer ließen oft ihren Frust an Patti raus. Agnes fühlte sich für Patti verantwortlich, da sie ihre Kinderfreundin war und vor allem wegen Agnes das Käthe Kollwitz gewählt hatte. Die Lehrer schien es zu stören, dass sie wie eine Ente durch die Gegend watschelte und meistens irgendetwas mampfte. Vor allem im Sport. Aber die Klasse, die bis auf Tobi und zwei weitere Jungs nur aus Mädchen bestand, beschützte Patti. Sie war liebenswert und ahnungslos, man konnte sie nicht auflaufen lassen.

Patti hatte im Übrigen den praktischsten Verstand von allen und durfte in der Wohnung ihrer Eltern ungehemmt Partys geben. Ihr Vater war Eisenbahner, und ihre Mutter reiste häufig mit den Freikarten zur Verwandtschaft.

In der Wohnung wohnte noch Pattis Großvater. Er besaß aus dem Krieg ein Holzbein, und das stand vor der Wohnzimmertür, wenn der Großvater fernsah. Er spendierte Geld für Getränke und Hamburger, und Lärm störte ihn überhaupt nicht. So einen Großvater hätte Agnes auch gern gehabt.

Am Tor stand der Blonde. Simon.

Agnes war so verblüfft, dass sie wie hypnotisiert auf Simon zulief.

Er kam ihr entgegen. Lachte. »Jetzt bist du platt!«

»Woher weißt du –?«

»Hab ein bisschen rumtelefoniert. War gar nicht so schwer. So viele Kindergärten gibt es ja in Nymphenburg auch wieder nicht.«

Patti stand eng bei Agnes. Sie stupste Agnes mit ihren flossenähnlichen Armen kräftig in die Seite und sah sie verschwörerisch an: »Du, der ist ja total süß.«

Neidlos biss Patti in den zweiten Krapfen. Agnes wusste, dass Patti resigniert hatte, was Jungen anging. Doch sie hätte auch nicht auf einen einzigen Krapfen verzichtet, um ihr Gewicht zu reduzieren.

Agnes sah sich nach Lula um. Sie stand schon dicht

hinter Agnes und schaute Simon an. Agnes spürte sofort, dass Simon Lula gefiel. Sie fühlte eine unbestimmte Spannung in sich, eine gewisse Trauer auch. Agnes dachte, wenn Simon Lula gefällt, bin ich ihn auf der Stelle los.

»Lula, das ist Simon.«

»Grüß dich.«

»Hi.«

Lula musste man immerzu ansehen, besonders, wenn sie lachte. Agnes und Lula hatten beide die Zahnspangen wie eine Dornenkrone getragen. Aber nun hatten sie es hinter sich, und Agnes fand Lulas Zähne so besonders schön, weil sie eher klein waren, während Agnes ziemlich große kräftige Zähne hatte. Agnes hätte auch lieber Lulas wuschelige dunkle Haare gehabt, die kaum zu bändigen waren. Agnes dagegen hatte helle, feine Strähnen, die sie ständig waschen musste, damit sie nicht mickrig herunterhingen.

Agnes ging jetzt zu ihrem Rad. Sie fühlte sich nicht mehr zuständig für das, was ablief, und sie fand das in Ordnung, gleichzeitig auch wieder nicht. Doch Simon war mit einem Satz bei ihr.

»Hey, ich hab deinetwegen die letzte Stunde geschwänzt. Ich häng hier rum wie ein Depp und jetzt rennst du einfach weg.«

»Ich hab mein Rad dabei«, sagte Agnes. Etwas anderes fiel ihr nicht ein.

»Kommst du mit zu uns zum Essen, Agnes? Ich glaub, es gibt Hähnchen vom Inder«, sagte Lula.

Mist. Das mochte Agnes wahnsinnig gern. Lula wusste das. Jetzt würde ihr sofort sonnenklar sein, wie wichtig Simon für Agnes war. Na wenn schon. Nächsten Donnerstag gab es wieder Hähnchen vom Inder, aber ob

Simon wieder kam – darüber mochte Agnes jetzt nicht nachdenken.

»Danke, ich fahre heim«, hörte Agnes sich sagen.

»Dann komm heut Nachmittag mit zum Basketball. Tobi kommt auch. Kannst ja mitkommen, Simon!«

Agnes sah Lula hinterher, wie sie die Nibelungenstraße überquerte. Lula trug Jeans und einen schwarzen Body unter einer durchsichtigen Bluse. Darüber hatte sie einen grauen Herrenmantel gehängt, den sie auf dem Flohmarkt gekauft hatte.

Lula fiel auf, und sie wusste das. Agnes dagegen fühlte sich ziemlich bescheuert in Julianes altem Overall und dem wattierten Ungetüm von einer Jacke, das sie einmal im Ausverkauf bei Sport-Scheck gefunden hatte.

Wenn sie nur geahnt hätte, dass dieser Simon aufkreuzen würde!

Agnes stieg auf ihr Rad und fuhr los, ohne sich nach Simon umzusehen. Doch er hatte sie sofort eingeholt und fuhr hinter Agnes her durch die Nibelungen- in die Hubertusstraße und dann auf die Südliche Auffahrtsallee. Ab und zu überholte Simon Agnes und sah sie an. Er grinste dann, und Agnes schaute zu ihm hinüber, obwohl sie ihn lieber nicht angesehen hätte. Sie fürchtete sich vor dem Strahlen in seinen Augen, vor der Aufforderung, die darin lag.

Der Wind war kühl, eigentlich zu kalt für die Jahreszeit. Es war ja schon Mai, und Agnes hatte natürlich keine Handschuhe an. Sie war sicher, auf der Stelle zu erfrieren. Und ihre Nase würde knallrot sein oder blau oder beides, das Haar verklettet. Absolut idiotisch würde sie aussehen, wenn sie gleich in der Waisenhausstraße ankamen.

Trotzdem war es schön, mit Simon durch die Straßen

zu fahren. Er hielt sich immer dicht neben, vor oder hinter Agnes. Sie fühlte sich wie einer der Schwäne auf dem Kanal, die immer nebeneinander schwammen oder sich überholten, um dann wieder hintereinander zu bleiben.

In der Hauseinfahrt blieb Agnes stehen. Auch Simon sprang vom Rad. Er rieb seine Hände gegeneinander. Dann beugte er sich vor und gab Agnes einen Kuss auf den Mund. Sein Mund war kalt, und Agnes dachte, sie könne den Schwung seiner Lippen schmecken wie einen Eiszapfen, an dem sie als Kind immer gelutscht hatte.

Plötzlich spürte sie, dass sie von dem Kuss enttäuscht war. Er löste so gar nichts ein von den Gefühlen, die sie für Simon hatte. Nichts von der Verwirrung, von all den Fragen, die sich mit ihm beschäftigten.

»Ein bisschen bombastischer hättest du es aber schon machen können«, sagte Agnes.

Sie hörte den Vorwurf in ihrer Stimme, obwohl sie es gar nicht ernst gemeint hatte. Sie fand sich doof, weil sie von Simon Küsse erwartet hatte. Richtige Simon-Küsse und nicht die Küsse zweier Eiskugeln von Häagen-Dazs.

Simon lachte. Und wie er lachte! Der Blonde hatte ja ein richtig offenes, herzliches Lachen! Der war ja überhaupt nicht arrogant! Das hatte Agnes sich nur eingeredet, weil sie wieder einmal Angst gehabt hatte, dass er sich nicht für sie interessieren würde.

Simon sah Agnes an, sodass sie keine Kälte mehr spürte. Und endlich kam sein Kuss auch unten an, unten in Agnes' Bauch, wo es plötzlich brannte und die Wärme den Rücken hochkroch und Agnes seltsam knochenlos machte. Simon hätte Agnes jetzt wie eine Stoffpuppe in eine Couchecke setzen können, und sie wäre sitzen geblieben, für immer und ewig.

Doch Simon lachte immer noch. Er kam wieder nah zu Agnes. Noch einen Eiskugelkuss, dachte Agnes, bitte noch einen. Aber Simon sagte, dass er es sich sofort gedacht habe, dass Agnes es bombastisch wolle.

»Du willst Oper und Drama, oder was weiß ich, jedenfalls was total Anstrengendes. Das hab ich dir schon in der U-Bahn angesehen. Und jetzt hab ich dich nur mal angetickt, und du willst es bombastisch! Ich hab es doch gewusst! Kannst du übrigens haben. Mein Vater will unbedingt, dass du zu uns kommst. Er redet ständig von dir. Meine Mutter war zuerst nervös, aber jetzt will sie dich auch kennenlernen. Sie will immer, was mein Vater will.«

Sein Vater. Agnes hatte gar nicht mehr an ihn gedacht. Wie der sie angesehen hatte!

»Was soll ich denn bei deinen Eltern?«

»Du würdest ihnen wahrscheinlich einen Gefallen tun. Meine Mutter hat schon eine panische Angst davor, dass ich schwul sein könnte. Sie hat mich noch nie mit einem Mädchen gesehen. Wahrscheinlich hat sie meinem Vater auch schon damit den letzten Nerv geraubt.

Er gibt mir Kondome und sagt, ich müsse mir von Aids nicht den Spaß verderben lassen. O Mann! Die haben eine Ahnung!«

»Hast du denn – ich meine –«

Agnes hätte sich ohrfeigen können. Doch Simon lachte. Der war heute so anders als am Sonntag. Oder war sie selber anders oder was war eigentlich los?

»Du willst wissen, ob ich schon mit Mädchen geschlafen habe. Hab ich, ich weiß, wie es geht. Du kannst beruhigt sein. Und du? Was ist mit dir?«

Jetzt war er wieder der Sashimi aus der U-Bahn, der Obercoole mit dem Messer im Rucksack.

»Ich muss rein«, sagte Agnes. »Ich komm fast um vor Hunger. Tschüss!«

»Typisch!«, rief Simon hinter ihr her. »Erst alles bombastisch wollen und dann kneifen!«

Agnes stellte ihr Rad in den Ständer und ging, ohne sich umzudrehen, ins Haus hinein.

Dabei sagte sie: »Ich hätte nie gedacht, dass du so nett bist.«

Drinnen schellte das Telefon. Agnes rief »Andreas«, doch es rührte sich nichts, und daher ging Agnes an den Apparat. Es war Herr Wolff.

»Ich muss mit Ihnen reden. Kann ich vorbeikommen? Nur auf ein paar Minuten, bitte!«

Einer von uns beiden muss verrückt sein, dachte Agnes, aber sie sagte nichts.

»Hallo, Agnes«, sagte Herr Wolff, »Agnes, bitte reden Sie mit mir!«

Agnes legte den Hörer hin. Sie schob fast mechanisch eine CD ein. Tracy Chapman, ›Crossroads‹. Ein Gemeinschaftsgeschenk von Lula, Patti und Danda zu Agnes' letztem Geburtstag:

All you folks think you own my life
But you never made any sacrifice.
Demons they are on my trail …

Agnes sang mit Tracy Chapman, dass sie überhaupt keine Lust habe, sich mit irgendwelchen Wölffen abzugeben, die sich anscheinend im Rudel an sie heranmachten.

Agnes hatte noch nie einen Jungen geküsst, wirklich geküsst. Oftmals hatte sie mit anderen Mädchen, meistens mit Lula, sich die Jungen im Schulhof angesehen. Wer könnte in Betracht kommen? Den einen oder anderen hatten sie cool gefunden oder süß, aber Agnes hatte gewusst, dass alles nur geschwafelt war, weil alle so redeten. In Wahrheit sprachen weder Agnes noch Lula ernsthaft über Jungen. Jedenfalls nicht, als sie jünger waren.

Auch derzeit teilten sie sich meistens nur Fakten mit. Dass Lula jetzt mit Tobias ging, das wusste Agnes. Dass sie miteinander schlafen würden, wusste Agnes auch. Agnes wusste jedoch nicht, ob Lula sich auch oftmals so unbehaglich fühlte. Diese Blicke. Agnes spürte, dass die Jungen und die Männer sie ansahen, sie sahen ihr auf die Brüste und auf die Schenkel. Es gab keine Pullover, die ihre Brüste wirklich verbargen, und Agnes liebte die Minis, weil der Wind ihr dann die Schenkel streichelte. Die Blicke der Männer auf ihre Schenkel mochte sie nicht. Und nachts hörte sie die Geräusche aus den Zimmern im Haus, und sie schwor sich, so etwas niemals zu machen, sich niemals zu öffnen, wenn dann doch nur am Ende alles wehtat.

Am liebsten hätte sich Agnes in dem Baumhaus versteckt, das sie nicht hatte. Oder im Beutel eines Kängurus, weit weg in Australien. Nur Lula dürfte mit. Ob sie zu zweit in einen Kängurubeutel passen würden?

Manchmal glaubte Agnes, sie könne das Leben nicht mehr aushalten. Dann ging ihr alles zu nah. Die Bilder im Fernsehen von den Verstümmelten der Kriege. Vergewaltigte Frauen und Mädchen, abgefackelte Häuser, Angriffe auf Ausländer. Die Schwarzen, die in den Containern am Olympiagelände wohnten, waren früher fröhlich gewesen. Hatten gewinkt, wenn Agnes mit dem Rad vorbeifuhr. Heute gingen sie nur noch in Gruppen, schauten sich unsicher um, sie hatten Angst. Agnes fühlte sich hilflos. Regte sich auf. Verzweifelte. Wollte was tun. Aber was?

Am nächsten Tag schob sie das alles weit weg von sich. Wollte gar nichts mehr tun. Sich zusammenrollen auf dem Bett und nicht einmal mehr denken.

Dann war es wieder gut gewesen, damals bei der Lichterkette und den anderen Demos gegen Ausländerfeindlichkeit. Lula und Patti und Agnes hatten Tobi, Danda und die anderen in der Nymphenburger Straße getroffen. Alle hatten Kerzen gehabt, und bald war das heiße Wachs auf Agnes Hände getropft, weil sie keine Manschette drum hatte. Aber egal, sie waren gelaufen bis zum Stachus, hatten immer mehr Leute getroffen, die ganze Klasse sowieso, aber auch Eltern, Verwandte.

Auch Toni und Loni waren mitgegangen, sie fühlten sich wichtig und schwenkten Taschenlampen. Sie erklärten allen, dass es viel schlauer sei, mit Taschenlampen zu leuchten, weil der Wind die nicht ausblasen könne, und jeder hatte ihnen freundlich zugenickt. Weil sie noch klein waren und schon begeistert. Und weil an diesem Abend alle Leute zugänglicher waren als sonst.

Agnes hatte sogar Axel getroffen, den Zivi vom Ökohof, der immer mitten in der Nacht kam und Obst, Käse, Wurst und Gemüse lieferte. Im Winter brachte er Eis und Schnee mit rein, und Agnes hatte dann eine Tasse Kaffee für ihn parat. Er tat ihr leid, denn er musste um drei Uhr in der Nacht raus und losfahren von Olching nach Neuhausen. Aber Axel sagte, das sei ihm lieber als der Bund. Und nun habe ihm der Ökohof auch noch Agnes beschert. »Auf dich freu ich mich jeden Dienstag. Und ich hoff immer noch, dass du mit mir ins Kino gehst. Oder auf den Flohmarkt. Oder wohin du willst.«

»Mach ich doch, klar!«, hatte Agnes versprochen. Und dann hatte sie ihn bei der Lichterkette getroffen, und sie waren gemeinsam gegangen.

Irgendwann hatten sie es dann sogar geschafft, ins Kino zu kommen. In den Film mit Johnny Depp, der Gilbert Grape hieß und ein bildschöner und guter Mensch war, und was anderes wollte er gar nicht sein. Agnes hatte es erlaubt, dass Axel ihre Hand hielt im Kino; Gilbert hatte ja auch sein Mädchen, und die beiden hatten sogar miteinander geschlafen, und sein kranker Bruder hatte sich darüber fast zur Kaulquappe gebadet – aber alles war in Ordnung gekommen. Für Stunden glaubte Agnes, es sei ihr möglich, so mutig und selbstbewusst zu werden wie Gilbert Grape. Und als sie mit Axel aus dem ABC-Kino kam, war der Himmel über Schwabing so weit wie der über Iowa. Agnes spürte die Ähnlichkeit, aber auch den Unterschied.

Schließlich war Gilbert Grape in der Realität auch nur Johnny Depp, der Hotelzimmer verwüstete, und alles, was man an Gutem und Schönem sah, stimmte dann wieder nicht. Nirgendwo war Wahrheit. Weder in Schwabing noch in Iowa.

Nein. Agnes wollte daran nicht denken. Nicht jetzt. Dazu war morgen noch Zeit.

4

»Also, wenn du jetzt nicht sofort einsteigst, fahre ich ohne dich los!«

Agnes sah, wie die junge Frau Hueber von nebenan versuchte, ihren Dreijährigen ins Auto zu verfrachten. Er wollte nicht. Agnes hatte das schon oft mitgekriegt. Jetzt brüllte er: »Hierbleiben! Will hierbleiben!« Seine Mutter, seelenruhig, stellte ihn auf dem Gehsteig ab und setzte sich ins Auto, wo schon die zwei zahmeren Schwestern in ihren Sitzen untergebracht waren. Sie drückten ihre Nasen an die Seitenscheibe und schauten stumm auf den zeternden Bruder. Das Auto fuhr los.

Agnes war verblüfft, der Kleine schrie hysterisch. Ließ sie ihn da stehen? Nein, natürlich nicht. Sie wendete kurz vor der Kreuzung, kam zurück. Jetzt ging er, besiegt, freiwillig ins Auto, dessen Tür die Frau Hueber ihm aufhielt. Ausgetrickst. Eins zu null für die Mutter. Immer werden Kinder ausgetrickst. Aus Liebe. Klar.

Simons Vater hatte Agnes auch ausgetrickst. Auf der Treppe zur Wohnung saß er, als Agnes aus der Schule kam.

»Lassen Sie mich mit hineinkommen, bitte, ich muss Ihnen was sagen. Es ist wichtig!«

Agnes schloss die Tür auf. Ausgerechnet heute war Andreas nicht da. Agnes hatte vergessen, dass Andreas in Berlin war; er kam erst am Abend mit dem letzten Flugzeug zurück.

Lorenz Wolff ging hinter Agnes her in den Wohnraum.

»Hübsch haben Sie es hier!«

Agnes wusste, dass er log, dass er nur nachsichtig war mit Leuten, die nicht so viel Kohle hatten wie er. Sicher fühlte er in dieser Umgebung besonders deutlich, wie angenehm es ist, reich zu sein.

Höflich bot Agnes ihm einen Platz an auf der Couch. Sie holte zwei Gläser aus dem Schrank und hoffte, dass wenigstens noch eine Flasche Mineralwasser im Kühlschrank war. Andreas und Agnes waren beide gleichermaßen schlampig, jeder verließ sich auf den anderen.

Also kein Mineralwasser.

»Es tut mir leid, ich kann Ihnen nichts anbieten!«

»Oh doch, Agnes, alles.«

Das war doch wirklich krass mit diesem Typen. Jetzt war der schon wieder so komisch wie am Sonntag. Agnes bemühte sich, trotzdem höflich zu bleiben.

»Ich verstehe kein Wort, ehrlich.«

»Können Sie auch nicht. Tut mir leid, dass ich Ihnen auf die Nerven gehe. Aber ich mach es kurz: Als ich Sie am Sonntag sah, dachte ich, ich sähe einen Geist. Wirklich. Sie sehen einer Frau ähnlich, mit der ich zusammen war. Vor etwas mehr als zwanzig Jahren. Wir wollten heiraten. Aber sie ist verunglückt. Wir fuhren auf der Autobahn, vor uns passierte ein Unfall, Karin wollte aussteigen, helfen, also hielt ich an. Karin rannte zu dem Unfallwagen, riss die Türen auf, zog einen Verletzten raus, da wurde sie von einem Auto erfasst, das vorbeiraste. Sie war sofort tot.«

Karin, dachte Agnes, Karin – was für eine Karin, verdammt.

Agnes sah Lorenz Wolff an. Was sollte sie sagen? Es soll ja Leute geben, die im richtigen Moment immer was Richtiges sagen. Agnes glaubte nicht, dass sie zu diesen Leuten gehörte. Also hielt sie den Mund. Zumal sie ja wusste, dass er noch nicht fertig war mit seinem Bericht. Er hatte ja noch mehr Gründe, Agnes diese Geschichte zu erzählen.

Da sagte er es auch schon.

»Agnes, wissen Sie, wie Karin mit Nachnamen hieß?«

»Nein.«

»Ruge, sie hieß Karin Ruge. Sie hatte einen Bruder, Michael. Ihr Vater, Agnes!«

Herr Wolff sah Agnes beschwörend an. So, als seien sie jetzt eine Schicksalsgemeinschaft oder so was.

Agnes wusste nicht, was das alles sollte. Sie wusste nur, dass es sie fertigmachte. Sie wollte nicht mehr zuhören. Es stimmte ja, was Herr Wolff sagte. Michael hatte ihr einmal ein Bild von seiner einzigen Schwester gezeigt. Ein Mädchen, voll der Wahnsinn, so schön war die. Langes blondes Haar, grüne Augen. Aber das war es nicht, was Agnes an die Nieren ging. Sie hatte sich selber gesehen, nur anders, ganz anders und so, dass es wehtat.

Agnes wollte Herrn Wolff loswerden. Egal, wie. Sie sagte, sie müsse dringend los. Bei »Garibaldi« Spaghetti kaufen. Nur dort gäbe es die echten italienischen, und so weiter und so weiter. Agnes wusste gar nicht mehr, was sie noch alles gefaselt hatte, jedenfalls setzte Herr Wolff sie in der Nymphenburger Straße ab. Er hatte darauf bestanden, Agnes in seinem Auto mitzunehmen, und Agnes hoffte inständig, dass niemand aus der Klasse sie sähe.

Prompt traf sie Frizzie und Paulina. Sie kamen vom

U-Bahnausgang Volkartstraße, und Agnes tat so, als höre sie nicht, wie Herr Wolff zum Abschied mehrfach hupte.

»Hey, Alte!«, rief Frizzie, »wie läuft es mit Simon?«

»Hm.« Agnes fiel ums Verrecken nichts ein. Sollte sie sagen, dass gerade erst sein Vater sie genervt hatte? Agnes beschloss, Frizzie abzulenken. Das klappte immer, wenn man sie nach einem Jungen fragte: »Und du? Was ist mit Steffen?«

Auf der Stelle hatte Frizzie Simon vergessen. »Steffen ist oberste Sahne, wirklich. Mit dem läuft's ganz toll. Aber weißt du, was – grad hab ich es Paulina erzählt –, der Daniel will sich wieder einklinken, glaub ich. Dauernd redet der auf unseren Anrufbeantworter: Ich liebe dich, Frizzie! Sonst sagt er nichts. Aber das mit so 'ner Grabesstimme, aber ich kenne den doch. Meine Eltern schieben schon die Krise, weil er dauernd auf die Maschine sabbelt.«

»Das ist bloß, weil du jetzt den Steffen hast!«, rief Paulina. »Jetzt merkt der Dödel plötzlich, hey, das war ja mal meine! Dabei hat er dich eiskalt sitzen lassen wegen Doro.«

Frizzies Augen glitzerten rachelustig. »Komm noch mal, Dany, und ich lass dich abblitzen wie die Sau!«

»Hey, genau!« Paulina hüpfte vor Vergnügen. »Für die Typen darfst du nicht durchschaubar sein. Der Dany denkt, er könnte alle haben. Der sieht zwar edel aus, ist aber strunzdumm. Das sagt sogar Tom, und der lässt sonst auf keinen Jungen was kommen.«

»Bleibt ihr jetzt zusammen?«, erkundigte sich Agnes. Sie wollte über alles reden, nur nicht über sich und Simon. Da war so eine Scheu, die Agnes sich nicht einmal selber erklären konnte. Aber es war auch nicht nötig, sie musste die anderen nur immer nach deren Geschichten fragen, dann brauchte sie ihre eigenen nicht zu erzählen. Und Paulina, das wusste Agnes, hatte mit Tom die schönste Streitbeziehung. Seit ungefähr einem Jahr waren sie mal einige Wochen beieinander, dann wieder getrennt. Doch seit einigen Wochen gingen sie wieder zusammen.

»Ich hätte mit dem Tom gar keinen Stress, wenn der nicht so blöde Ängste hätte.« Paulina wurde jetzt nachdenklich, sprach leise, sodass Agnes und Frizzie unwillkürlich näher zu Paulina hingingen.

»Tom hat Angst, dass sein Pimmel nicht okay ist«, flüsterte Paulina, und ihre Ohren wurden ein bisschen rot. Agnes sah es.

»Wieso«, prustete Frizzie leise, »hat er Schiss, dass der zu mickrig ist?«

»Irgend so was«, vermutete Paulina mitleidig. »Wenn ich ihm das ausreden will, sagt er, ich wolle ja nur höflich sein. In Wahrheit wünschte ich mir einen Typen mit einem Riesenoschi, sagt er.«

»Na und – stimmt's etwa nicht?« Frizzie sagte es lachend, und Agnes musste auch kichern, als sie Paulinas Ohren sah, die jetzt wirklich rot waren.

Wenn die wüssten, dachte Agnes. Gegen Frizzies und Paulinas Erfahrungen fühlte sie sich direkt zurückgeblieben. Wie lange noch würde Simon nach einem Kuss vor der Haustür heimradeln?

5

Simon sah seinen Vater wütend an. »Ich hab Agnes mitgebracht, weil du das unbedingt wolltest. Das heißt aber nicht, dass du sie für dich in Beschlag nimmst. Sie ist *meine* Freundin!«

»So – ist sie das? Sind Sie Simons Freundin?«

Lorenz Wolff wandte sich zum ersten Mal an diesem Abend direkt an Agnes. Sie wusste nicht, ob er sauer war auf sie. Bei seinem letzten Besuch hatte Agnes ihn gebeten, sie doch endlich in Ruhe zu lassen. Zuerst wollte er widersprechen, Agnes bitten, doch dann war er wortlos gegangen. Schon von der nächsten Telefonzelle aus rief er an. Er müsse Agnes wiedersehen. Sie solle mit Simon in sein Haus kommen. Unbedingt. Bitte.

Er sollte sie in Ruhe lassen. Sie wollte nicht an Karin denken, nicht an die Großeltern, die nach dem Tod der Tochter aus München weggezogen waren. Sie lebten in Prien am Chiemsee. Karin lag dort begraben. Auch Michael. Manchmal besuchte Agnes die Großeltern. Sie waren leise und traurig, aber sehr liebevoll mit Agnes. Sie hatten noch nie gesagt, dass Agnes aussehe wie Karin. Aber manchmal, wenn sie gemeinsam am Tisch saßen, hatte Agnes gesehen, dass die Großeltern einander ansahen. Das reichte Agnes. Sie wollte nicht noch mehr Leute an Karin erinnern. Schon gar nicht Lorenz Wolff.

Als Simon sie am nächsten Tag gefragt hatte, ob sie zu

seinen Eltern zum Essen kommen wolle, sagte Agnes spontan Nein. Doch dann sagte sie Ja. Und als Simon weggegangen war, hätte sie ihm am liebsten nachgerufen, dass sie doch nicht kommen werde. Sie fand sich völlig idiotisch. Was sollte sie eigentlich bei den Wolffs? Vielleicht würde sie ja krank bis dahin. Aber nicht einmal ihre Zähne taten noch weh.

»Mein Mann wollte wissen, ob Sie Simons Freundin sind!«

Frau Wolff tat Agnes Eiswürfel ins Glas und füllte mit Orangensaft auf. Sie war sichtlich bestrebt, ihrem Mann zu gefallen; vielleicht wirkte sie deshalb so verkrampft, weil sie wusste, dass sie das nie schaffen würde.

Eine seltsame Familie, diese Wolffs, dachte Agnes. Und ich mittendrin. Agnes unter den Wölffen.

Am meisten fürchtete sie den Leitwolff. Er sah sie an mit seinen hellen, grünen Augen, die unter buschigen Brauen wachsam alles beobachteten, manchmal aber auch einen ziemlich melancholischen Ausdruck bekamen.

Agnes dachte, dass Lorenz Wolff für seine Familie jede Menge Beute gemacht hatte. Das geräumige Haus, in einem großen Park gelegen, die Wohnhalle, in der sie jetzt saßen. In einem derart komfortabel eingerichteten Haus war Agnes noch nie gewesen. Weißbunte Polstermöbel, viel gelbes Leinen, die Gartenseite aus Glas – eine heitere Stimmung, von der Nachmittagssonne erhellt. Doch die Wölffe schienen Agnes eher schlecht gelaunt. Besonders Simon, der seine Eltern misstrauisch und gelangweilt ansah.

»Wieso löchert ihr Agnes mit so 'ner blöden Frage? Kann euch doch kackegal sein, ob Agnes meine Freundin ist oder nicht. Außerdem *ist* sie meine Freundin.«

Das hatte Simon natürlich nur gesagt, um seine Eltern zu ärgern. Darüber war sich Agnes klar. Aber was hier gespielt wurde, davon hatte sie nicht die geringste Ahnung. Geschah ihr aber recht. Was hatte sie hier überhaupt zu suchen? Schließlich war sie nicht dazu da, die Erinnerungen von Herrn Wolff aufzufrischen.

Frau Wolff sah ihren Mann aufmerksam an und schob ihm ein Kissen in den Rücken. Doch er lehnte ärgerlich ab, warf das Kissen in eine Ecke.

Herr Wolff provozierte Simon: »Sollte Agnes dir nicht besser Nachhilfestunden geben?« Dabei schaute er aus den Augenwinkeln zu Agnes.

Was sollte das? Warum musste er Simon kleinmachen?

Bevor Simon etwas sagen konnte, wandte sich Lorenz Wolff wieder an Agnes. Seine Stimme war warm und freundlich, seine Augen nicht.

»Simon steht in Latein auf Fünf, in Mathematik auf Vier und in Physik auf Fünf. Wenn er noch weiter abrutscht, bleibt er zum zweiten Mal sitzen. Es gibt in München kein Gymnasium mehr, auf dem Simon es noch nicht versucht hat.«

Agnes wusste von Simon, dass er eine äußerst abwechslungsreiche Schulkarriere hinter sich hatte. Zwei Grundschulen, das Ludwigs, eine Privatschule in Obermenzing, das Rupprecht, das Nymphenburger, und jetzt war er auf dem Luise Schröder. Na und? Agnes konnte darin keinen Fehler entdecken. Sie selber war froh, dass sie immer irgendwie über die Runden kam mit Hilfe von Lula und den anderen. Dass es ihr manchmal sogar Spaß machte, in die Schule zu gehen. In ihrer Klasse gab es hauptsächlich Mädchen, und sie waren die Stars, wurden nicht von den Jungen dominiert oder von Lehrern benachteiligt, wie das in gemischten Klassen oft der Fall war.

Simon hatte ihr gesagt, für ihn wäre die Schule ein Gefängnis. Und daheim setze sich das fort, weil sein Alter ihm ständig Nachhilfelehrer auf den Hals schicke. Und er täte das nur, weil er sich nicht mit einem Versager-Sohn blamieren wolle. Und nicht etwa, weil ihm was an Simon liege.

Agnes fühlte sich so wohl, als säße sie im Badeanzug in einer Tiefkühltruhe. Wenn sie irgendetwas hasste, dann waren es Situationen, wo andere sich stritten und sie Zeuge sein musste. Wie so oft bei Juliane und Andreas. Die konnten sich auch ineinander verkeilen wie zwei Autos, die die Verkehrsregeln nicht beachtet hatten. Und dann knallte und klirrte es, und was übrig blieb, war nur noch Schrott.

Hier in diesem vornehmen Tempel schien es Agnes auch ziemlich schrottig. Viel lieber hätte sie mit Simon am Rotkreuzplatz einen Hamburger mit Pommes gegessen. Stattdessen saß sie hier am Tisch, hatte eine Serviette so groß wie ein Bettlaken, und sie wusste nicht, welches Besteck sie zuerst nehmen sollte.

Simon hatte Agnes anscheinend beobachtet. »Mach dir nichts draus«, sagte er und schüttete sich Cola ins Weinglas. »Hier sieht nur alles so fein aus, aber meistens schieben wir den Frust.«

»Simon!«, sagte seine Mutter.

Doch Simon wollte jetzt seinen Vater provozieren, das war Agnes klar.

»Mein Vater wäre bestimmt der Erste, der dafür stimmt, dass auch in Deutschland wieder die Züchtigung eingeführt wird.«

Agnes wusste sofort, wovon Simon sprach. Danda hatte es empört in der Schule vorgelesen. In der ›Süddeutschen‹ wurde berichtet, dass in den USA jugendliche Straftäter künftig wieder körperlich gezüchtigt werden sollten.

Simon wandte sich an seinen Vater: »Mit einem Paddel würden sie mich schlagen, wenn ich Randale mache, Leute überfalle oder mich besaufe oder zu schnell Auto fahre. Bis zu zwölf kräftige Schläge könnten die mir vom Jugendgericht verpassen, das würde dir doch sicher gefallen.«

»Unsinn«, knurrte Herr Wolff, »so was gibt es doch auf keinem Schiff!«

»Doch, doch«, sagte Simon. »Das gibt es in Kalifornien und in acht weiteren Bundesstaaten. Möchtest du jetzt auswandern?«

»Dann aber gleich nach Mississippi oder Tennessee«, mischte sich Agnes ein, »da soll die Rute zum verschärften Einsatz gebracht werden. Auf den Stufen vor dem Rathaus sollen die Kids damit verdroschen werden, sodass jeder was davon hat.«

»Sie haben aber eine Menge Fantasie«, sagte Simons Vater zu Agnes.

»Von wegen!« Simon war jetzt ehrlich sauer, weil sein Vater sich ständig bei Agnes anwanzte. »Du hast doch keine Ahnung! In Mississippi hat das Repräsentantenhaus das neue Gesetz schon im Februar verabschiedet. Mit klarer Mehrheit. Und in New York sollen Jugendliche künftig gezüchtigt werden, wenn sie Graffiti sprühen.«

»Ich denke, wir haben auch genug anderes zu tun, als die Sauerei überall wieder abzuwaschen. Kostet ja Millionen inzwischen. Diese Sprayer sollen was Gescheites arbeiten.«

Es war klar, dass Herr Wolff seinem Sohn eins auswischen wollte. Simon malte nämlich. Er wollte später auf die Kunstakademie. Oder auf eine Schule für Grafik. Nur deshalb versuchte er, sich bis zum Abi durch die Schule zu würgen.

»Wichtig ist doch nur, dass *du* was Gescheites machst!«, sagte Simon zu seinem Vater. Dann wandte er sich an Agnes, sprach mit ihr, als ob sie beide alleine im Raum seien.

»Mein Vater hat eine Fabrikation für Sportswear. Du weißt schon. Jetzt sind sie draufgekommen, dass die Kids in der Szene ganz verrückt sind auf die Oldys aus den Siebzigern. Dass die Kultstatus haben. Models laufen in Jogginghosen rum, wenn sie die richtigen Streifen haben, die ganzen Hip-Hoper und Techno-Leute rennen in diesen Klamotten rum. Davon will mein Vater jetzt auch profitieren. Er hängt dauernd in Discos ab, redet mit den Türstehern und Discjockeys. Neuerdings bezahlt er sie dafür, dass sie ihm melden, was die Leute jetzt so anhaben.

So beuten die Alten die Jungen aus. Die Hinterwäldler schmarotzen bei den Hipstern, die sie früher verachtet haben. Ich höre meinen Vater immer noch sagen: ›Wie die aussehen, diese Gammler und Nichtstuer. Ungewaschen, abgerissen, ekelhaft!‹ Und jetzt klaut er ihnen ihre Outfits, die er früher nicht mit Grillhandschuhen angefasst hätte.«

Agnes sah, dass Simons Vater sich nur mühsam zu seinem Lächeln zwang. Aber er schaffte es, zu Agnes, und nur zu Agnes, ganz ruhig zu sagen: »Was mein Sohn noch nicht mitbekommen hat, ist eine neue Vernetzung von Jugendkultur, Musikindustrie und den Markenartikelfirmen. Diese Interaktion wird immer intensiver, enger, besonders auf dem Sportmodenmarkt. Ich bezahle junge Leute, die für mich in die sogenannte Szene gehen, wo kreative junge Leute immer neue Stilelemente hervorbringen, an denen sich die anderen orientieren.«

Jetzt wurde sein Ton bitter. Simons Vater versuchte gar nicht mehr, Agnes den Souveränen vorzuspielen. Aber immer noch sprach er so, als wäre Simon gar nicht vorhanden.

»Mein Herr Sohn glaubt, er könne alles verhöhnen, was ich tue. Er sieht nicht, dass eine Firma wie die meine nur dann existieren kann, wenn sie sich dem Trend anpasst. Wir wollen unsere Ware verkaufen, nicht im Lager verrotten lassen. Ich habe Simon angeboten, für mich nach London zu fliegen und sich dort umzusehen. Doch er verachtet alles, was irgendwie mit der Firma zusammenhängt. Dabei lebt er schließlich auch davon.«

»Nicht mehr lange«, sagte Simon, und Agnes hörte, dass seine Stimme wieder so eigentümlich brüchig wurde, so, als würde Simon gleich in Tränen ausbrechen. »Sobald ich achtzehn bin, hau ich hier ab. Spätestens. Das weißt du. An meinem Geburtstag gehe ich in eine WG, und dann könnt ihr mich vergessen.«

»Jetzt hör dir nur diesen aufgeblasenen, unreifen Deppen an, Sabine. Das ist dein Sohn.«

Zum ersten Mal an diesem Abend sprach Herr Wolff mit seiner Frau. Sie sah Simon an, als überlege sie, ob er nicht in Wahrheit vertauscht worden sei, und nun lief irgendwo in der Welt ein erfolgreicher BWL-Student herum, höflich, ehrgeizig und mit guten Umgangsformen, der ihr leiblicher Sohn war, während sie sich mit einem Balg herumschlagen musste, der Künstler werden wollte und von morgens bis abends an allem etwas auszusetzen hatte.

Agnes holte tief Luft. Ehe sie noch mal einen Abend in dieser Familie verbrachte, wollte sie lieber nach Venedig fahren und bis an ihr Lebensende zusehen, wie die Stadt absoff.

Lorenz Wolff bot an, Agnes mit dem Wagen nach Hause zu bringen. Simon bestand darauf, Agnes mit der U-Bahn heimzubegleiten. Simon gewann, aber Agnes wusste, dass sie Herrn Wolff damit trotzdem noch nicht los war. Er tat so, als habe er einen geheimen Bund mit Agnes oder irgend so was, und das stieß sie ab und faszinierte sie gleichzeitig.

6

»Juliane, stell dir vor, ich habe einen Freund.«

Agnes stellte die gelben Tulpen in eine Vase, ordnete sie, bis sie völlig durcheinanderfielen, und beobachtete dabei Juliane, die sich im Bett mühsam aufrichtete. Freute sie sich kein bisschen? Oder sah sie nur so missmutig aus, weil ihr das Kreuz wehtat?

Ziemlich barsch, aber keineswegs entsetzt, fragte Juliane: »Und jetzt soll ich dir die Pille beschaffen!«

»Sonst fällt dir dazu nichts ein?«

Agnes war enttäuscht. Sie hatte sich darauf gefreut, mit Juliane über Simon reden zu können. Über ihre Freude, dass er sie so oft von der Schule abholte. Dass alle aus der Klasse es wussten und Agnes beneideten. Sogar Lula. Und sie gab es zu. Sie hatte zu Agnes gesagt, dass sie Simon great finde, ehrlich.

Alle diese Neuigkeiten hatte Agnes mit Juliane besprechen wollen. Während der einstündigen Fahrt zum Chiemsee hatte Agnes sich überlegt, wie sie es Juliane schildern könnte. Dass sie fest mit Simon ging und dass es bis in die Ewigkeit dauern sollte.

Irgendwann nach dem Essen bei den Wolffs hatte Simon angerufen. Er sei so froh, dass Agnes zu ihm stehe, obwohl er so bescheuerte Eltern habe, hatte Simon gesagt und dann noch gefragt, ob Agnes für immer bei ihm bleiben wolle.

»Und lass dich ja nicht von meinem Vater zulabern!«, hatte Simon noch schnell gesagt, und seine Stimme war plötzlich wieder so komisch gewesen.

Über all das hatte Agnes mit Juliane reden wollen, und jetzt hatte Juliane nur die Verhütung im Kopf. Wie fantasielos Juliane war. Dabei hatte sie früher auf der Bühne ›Emilia Galotti‹ gespielt, die ›Minna von Barnhelm‹ oder die Katharina in ›Der Widerspenstigen Zähmung‹.

Lessing. Shakespeare. Das Feinste vom Feinen, tugendhafte, sensible Frauen hatte Juliane auf der Bühne verkörpert. Und mit Agnes redete sie, als wäre sie die Vertreterin eines Pharmakonzerns, der Pillen herstellt.

Agnes hatte ihre Mutter nie auf der Bühne gesehen. Erst später mal in dem einen oder anderen Fernsehspiel. Auch da hatte Juliane herzliche, liebevolle Frauen gespielt. Wo sie diese Gefühle nur hernahm?

Agnes wagte einen neuen Anlauf. Sie musste einfach mit Juliane darüber reden.

»Mama – ich gehe seit ein paar Wochen mit Simon. Ganz fest.«

»Nimm es lieber locker, Kind, glaub mir, eine so frühe Bindung, das bringt nichts. Du solltest drei Freunde haben, das wär mir lieber als einer.«

Agnes schnappte nach Luft. Das, was sie für Simon fühlte, das war doch – also irgendwie heilig war das doch, und Juliane –, es war einfach widerlich. Michael, wenn doch Michael da wäre. Er und Juliane waren doch auch seit der Schulzeit zusammen gegangen.

»Aber was war mit dir und Michael –?«

Agnes hätte sich fast auf die Zunge gebissen, als sie sah, wie Julianes Gesicht sich verschloss. Sie wusste doch, dass ihre Mutter nicht mit ihr darüber reden wollte. Nur – warum nicht?

Juliane griff sich in ihr Haar, das verklebt war und strähnig. »Solltest mir lieber die Haare waschen, als in meiner Vergangenheit rumzustochern. Hoffentlich nerven dich deine Kinder später auch mal so.«

Agnes holte eine Waschschüssel aus dem Schrank, rückte Juliane quer übers Bett, und dann begann die mühselige Prozedur, die Agnes hasste, weil Juliane dabei ständig schimpfte.

War ja auch idiotisch. Wasser rann Juliane in den Kragen und sonst wohin, Agnes musste ständig zum Waschbecken rennen, und neues Wasser von der Temperatur mischen, die Juliane passte.

»Hey, du reißt mir ja die Kopfhaut runter!«

»Letztes Mal hast du gejammert, es wäre nicht gründlich genug gewesen.«

»Deshalb musst du mich heute nicht gleich umbringen.«

Endlich war die Wascherei geschafft. Jetzt kamen noch das Auskämmen und Föhnen. Juliane fragte, wie es in der Schule laufe, ob Agnes auch oft genug Salat esse und was Richtiges koche.

Nach Andreas fragte Juliane nicht. Und das mit Simon hatte sie offensichtlich auch schon wieder vergessen.

Agnes sah auf den Chiemsee hinaus. Er hatte eine eigentümliche metallische Färbung heute. Wolken hingen über dem See, die Sonne wollte offenbar nicht rauskommen. Trotzdem waren einige Segelboote auf dem Wasser. Agnes wäre gerne mitgesegelt. Das müsste schön sein, in so einem Boot leise und leicht durch die Wellen zu gleiten.

Wenn Agnes bei den Großeltern war, ging sie oft zum Schwimmen an den See. Wäre doch schon Sommer, dachte Agnes sehnsüchtig. Dann könnte sie hinausgehen, ein Stück rausschwimmen, ihren Kopf freischwimmen von allen idiotischen Gedanken. Aber nein. Sie musste bei ihrer schlecht gelaunten, kranken Mutter sitzen, die sich einen Dreck daraus machte, dass Agnes einen Freund hatte. Juliane interessierte nur, ob sie die Pille brauche.

Jetzt ließ Juliane matschige Aprikosen von ihrem Löffel auf den Glasteller plumpsen.

»Sollte ich jemals wieder heimkommen, will ich keine eingemachten Aprikosen mehr sehen. Mindestens acht Monate lang nicht.«

Sofort tat Juliane Agnes wieder leid. »Mama. Wenn ich bloß was tun könnte.«

»Kannst du nicht. Kann offenbar niemand. Am wenigsten die Leute hier in den weißen Kitteln. Sie finden sich alle unglaublich toll. Stehen hier an meinem Bett und erzählen sich über meinen Kopf hinweg, dass ihnen zu mir schon lange nichts mehr einfällt.«

Juliane sah an Agnes vorbei aus dem Fenster. Sie versuchte, gleichgültig zu wirken, doch Agnes sah, dass Julianes Mundwinkel zuckten, dass ihr Gesicht verzogen war von Wut und Hilflosigkeit. Waren die Linien in Julianes Gesicht schärfer als früher? Die Augen schienen Agnes heute blass und trüb. Tuschte Juliane die Wimpern nicht mehr – oder kam es vom Weinen?

Agnes hätte Juliane gerne in die Arme genommen. Doch sie traute sich nicht. Wenn doch nur Michael noch da gewesen wäre. Dann hätte er einen Arm um Juliane gelegt und um Agnes einen, und sie hätten Juliane von beiden Seiten trösten können. Mit Michael zusammen hatte sich Agnes so ziemlich alles zugetraut.

Michael. Plötzlich kam der Schmerz um ihn wieder zurück, sprang Agnes an wie ein Tiger seine Beute, und es war ihr, als risse der Schmerz sie in Stücke.

»Juliane«, heulte Agnes, und es war nun Juliane, die ihren freien Arm um Agnes legte. Mit dem anderen hielt sie sich an dem Bettgalgen fest, der über ihr hing, und Agnes hätte nicht sehen mögen, wie sie beide aussahen. Juliane und sie, heulend unter dem Galgen.

»Du schaffst es schon, Juliane, du schaffst es schon!«, hörte sich Agnes ständig schniefen. Obwohl sie wusste, dass es im Moment keinen Grund gab, zuversichtlich zu sein. Und Juliane wusste das auch.

»Verdammt, hör jetzt auf zu heulen!« Abrupt schob Juliane Agnes von sich weg.

Als Agnes aus der Klinik kam, stand der große graue Wagen vor der Tür. Unweit davon stand Lorenz Wolff, und als er Agnes sah, trat er seine Zigarette aus und lief ihr entgegen.

»Wie geht es Ihrer Mutter? Glauben Sie, dass sie hier gut untergebracht ist?«

Agnes war verblüfft. Wie kam der hierher? Und wie sah der überhaupt aus?

Simons Vater, den Agnes bislang nur im korrekten Einreiher mit Weste gesehen hatte, trug heute ein Polohemd und einen Lederblouson. Hatte er auch die Haare anders frisiert als sonst? Agnes erinnerte sich an korrekt zurückgekämmtes Haar, zwar ziemlich lang im Nacken, aber doch eng am Kopf anliegend. Und heute fiel alles lockig über der Stirn auseinander, der Mann sah auch gebräunter aus, als Agnes ihn in Erinnerung hatte. Vielleicht leuchteten seine Augen deshalb so intensiv.

»Wollen wir nach Prien fahren? Wir könnten irgendwo einen Kaffee trinken, Eis essen, was Sie wollen.«

Auf jeden Fall wollte Agnes nicht länger vor der Klinik stehen bleiben. Sie hatte das Gefühl, dass mindestens tausend Augen auf sie und Simons Vater starrten. Herr Wolff hielt Agnes die Tür auf und machte sie auch wieder zu, bevor er selber einstieg.

»Mein Sohn ist nicht der Richtige für Sie«, sagte Herr Wolff, als sie bei Kaffee und Eis saßen.

»Aber Sie auch nicht«, sagte Agnes.

Sie hoffte, dass Simons Vater jetzt einen Herzinfarkt bekäme oder doch lieber erst heute Abend, wenn er bei seiner Frau in den sonnigen Polstermöbeln saß.

Doch Herr Wolff war keineswegs beleidigt. Im Gegenteil. Seine grünen Augen leuchteten noch intensiver, er beugte sich zu Agnes und fasste sie an den Handgelenken: »Agnes, komme ich denn überhaupt infrage?«

Shit! Jetzt hatte der das prompt falsch verstanden.

Nein! Sie kommen überhaupt nicht infrage. Nie! Nirgends!

Agnes hätte ihn gern angeschrien. Aber sie brachte kein Wort heraus. Er roch so gut, und seine Hände, die ihre Handgelenke hielten, waren warm und kein bisschen feucht, und er sah Agnes an – ja –, wie sah der sie eigentlich an? Waren sie im Kino, oder was? Vielleicht in ›Piano‹, und Herr Wolff war Harvey Keitel. Agnes sah sein eckiges Gesicht, die Längs- und Querfalten darin. Verdammt – das stimmte. Herr Wolff sah aus wie Harvey Keitel.

Wenn Agnes überhaupt je an einen Schauspieler dachte, dann an ihn. Harvey Keitel war ihr damals nur schwer wieder aus dem Kopf gegangen. Es war fast unerträglich, zuzusehen, wie er Ava, gespielt von Holly Hunter, zunächst erpresst hatte. Er wollte sie haben, unbedingt. Er liebte sie. Um sie berühren zu dürfen, ließ er sie auf dem Piano spielen, das er ihrem Ehemann abgekauft hatte. Ava war zunächst cool gewesen, total cool, sie liebte ihr Piano und hätte vermutlich alles getan, um darauf spielen zu können. Doch dann, unversehens, liebte sie ihn auch – und wie!

Zu fünft waren sie im Kino gewesen. Lula, Tobias, Patti, Danda und Agnes. Danda war in großem Make-up und Abendkleid gekommen. Zwei Fahrradschläuche um den Hals zur Versachlichung, wie sie sagte. Zuerst hatten sie obercool ihren Eimer Popcorn gegessen, doch dann schwer mit den Tränen gekämpft. Tobi hatte als Erster geheult, doch das war ohnehin klar gewesen. Tobias verstand sich als neuer Mann, und er bewies gern, dass der moderne Mann notfalls auch weint. Lula unterstützte ihn darin. Später hatte sie dann wieder eine Macho-Vorliebe, aber Tobias ließ sich nicht irritieren. Macho zu sein war ja noch leichter!

Jedenfalls waren sie sich nach der Vorstellung alle in die Arme gefallen. Selten, dass sie nach einem Film derart einer Meinung waren. Sie hatten vor dem »Isabella«-Kino gestanden, und Patti hatte schrecklichen Hunger auf die Crêpes gehabt, die es im gegenüberliegenden Lokal gab. Doch Agnes besaß gerade keinen Pfennig Geld, und Danda wandte ein, dass sie keinen Happen essen könne, sie müsse ständig an den abgeschnibbelten Finger Avas denken.

Also war Patti allein ihren Crêpes entgegengewatschelt, und die anderen waren auf ihren Rädern die Schwere-Reiter-Straße hinunter zum Rotkreuzplatz gefahren. Dandas Tüllrock hatte sich im Wind gebläht, und Agnes hatte immer Harvey Keitels leidenschaftliches Gesicht vor sich gesehen; sie hatte sich damit ablenken müssen, dass sein Körper doch ziemlich verfettet sei und so, sonst wäre Agnes verdammt gerne Ava gewesen.

Und jetzt saß sie hier mit Herrn Wolff in seinem Auto, und zum ersten Mal sah Agnes in ihm nicht Simons Vater, sondern Harvey Keitel, und sie ließ es zu, dass er sie küsste.

Sein Mund war warm und schmeckte nach Zigarette. Harvey Keitel ließ ihre Hände los und umfasste ihren Kopf. Es war, als ruhte Harvey sich eine Weile aus auf ihren Lippen, er flüsterte leise und undeutlich »Agnes«, »Agnes«, »Agnes«. Wie eine Beschwörungsformel klang das, und Agnes dachte, dass er vielleicht üben müsse, um nicht »Karin« zu sagen.

Jetzt öffnete Harvey sanft Agnes Lippen mit seiner Zunge, und Agnes fiel ein, dass sie immer schon den Zungenkuss lernen wollte, und jetzt kriegte sie ihn. Agnes fühlte bald nur noch die fremde Zunge im Mund und Harveys Hände, die ihr schier den Schädel zusammenpressten, und sie dachte an Simon. Plötzlich sehnte sie sich nach ihm, nach Lula und Danda und Patti, nach dem Baby, nach Loni und Toni und Tobias. An die sommerlichen Polster im Haus der Wölffe dachte Agnes und an Frau Wolff, die jetzt vielleicht die Kissen zurechtrückte. Es dämmerte Agnes, dass hier irgendwas verdammt falsch lief.

7

In Geschichte döste Agnes schon vor sich hin. Deutsch hatte sie noch einigermaßen wach verfolgt, aber jetzt hing sie auf ihrem Stuhl und dachte ständig an Harvey Keitel, der aussah wie Lorenz Wolff. Oder umgekehrt. Agnes war sich nicht mehr sicher. Sie fühlte sich wie auf der Achterbahn vor dem Absturz in die letzte Kurve, und da sollte sie die Frage beantworten, welche Stellung Martin Luther gegenüber dem Judentum bezogen hatte. O Gott. Hilfe! Agnes stand umständlich auf.

»Na ja. Also. Zuerst hat er die Juden positiv gesehen. Er war an der hebräischen Sprache interessiert, und sie hatten ja das Alte Testament gemeinsam. Er wollte, glaube ich, aus den Juden Christen machen, oder?«

Agnes sah sich um. Lula hing auf ihrem Stuhl und malte Strichmännchen. Danda tuschte hinter dem Rücken von Frizzi ihre Wimpern. Patti kaute Krapfen und zeigte Agnes die rote Marmelade. Pauline hörte Agnes zu. Wetten, dass sie auch nicht gescheit vorbereitet war? Immerhin hatte Agnes gestern Abend, als sie vom Chiemsee gekommen war, die Arbeitsblätter noch angeschaut.

»Was weiter, Agnes, wie verhielt sich Luther weiter?«

Agnes hätte Frau Helmschrott erzählen können, was Harvey gestern im Auto gemacht hatte, denn genau das schob sich immer in Agnes' Kopf vor die Motive des Antisemitismus bei Luther. Agnes war katholisch, doch sie hatte Luther eigentlich immer klasse gefunden, und jetzt sollte sie erzählen, dass er sich zeitweise wie ein Idiot benommen hatte. Er wollte damals tatsächlich, dass die Synagogen abgebrannt wurden, die Wohnungen der Juden zerstört und die Talmudbücher beschlagnahmt.

»Agnes, was ist? Sie schlafen ja mit offenen Augen! Paulina, Sie brennen doch richtig darauf, weiterzumachen, oder?«

Frau Helmschrott war eine gute Geschichtslehrerin. Sie unterrichtete auch Englisch, und Agnes hatte beide Fächer ausgesprochen gern. Aber nicht heute. Agnes musste ständig an Harvey-Lorenz denken und daran, dass nachher Simon auf sie warten würde. Hoffentlich hatte er über Nacht Mumps bekommen oder das Pfeiffersche Drüsenfieber. Nein, das denn doch lieber nicht! Agnes hatte das selber gehabt und wusste noch gut, dass einem dabei sogar das Schlucken der eigenen Spucke unglaublich wehtat.

Nur – wie sollte Agnes Simon in die Augen sehen, nachdem sein Vater ihr einen Zungenkuss gegeben und dann während der Fahrt nach Hause geschwiegen hatte wie ein Fisch im Aquarium. Nur manchmal hatte er Agnes angesehen, und von den Blicken war ihr so komisch geworden, dass sie lieber für den Rest der Fahrt aus dem Fenster sah. Wie immer hatte er Agnes die Wagentür geöffnet und sie zur Haustür begleitet. Und kaum hatte Agnes ihren Rucksack an die Garderobe gehängt, schon läutete das Telefon. Simons Vater.

»Agnes. Ich bin irrsinnig glücklich!«

»Ich nicht.«

Agnes hatte den Hörer aufgelegt. Für einen Moment

war sie mit sich ganz zufrieden gewesen. Sie konnte einem Big Boss wie Lorenz Wolff das Wort abschneiden. Zack.

»Hey, wo bist du wieder mit deinen Gedanken? Ist ja krass inzwischen. Du sollst mitkommen zum Essen, Iris hat es mir gleich zwei Mal gesagt.«

Lula hielt Agnes ein Tütchen Fisherman's Friend hin. Das half vorübergehend gegen Einschlafen, und Agnes mochte es, wenn sie sich für eine Weile nicht getraute, richtig durchzuatmen, weil die Kälte es schier unmöglich machte.

Lula und Agnes packten ihren Kram zusammen.

»Also – was ist? Kommst du mit oder nicht? Iris glaubt schon, du könntest uns nicht mehr leiden. Aber ich hab sie beruhigt. Hab ihr gesagt, dass du nur noch Augen für Simon hast. Ist doch so, oder?«

Manchmal hat der Mensch so was wie Glück. Simon wartete nicht im Pausenhof, und zu Wagners zum Essen zu gehen, das war immer ein bisschen wie Sonntag.

Wagners neues Au-pair-Mädchen kam aus Norwegen und hieß Marii. Sie hatte schrillblonde Haare und einen dreifachen Nietengürtel um die Hüften. Marii sah so aus, als würde sie jedem Haushaltsvorstand, der sich an ihr zu schaffen machen wollte, eins mit dem Nietengürtel überbraten. Iris hatte diesmal richtig gewählt, und auch der Baby schrie schon im ganzen Haus nach Marii.

Der Baby mochte das Essen nicht. Es gab ein Bohnengemüse, Kotelett und Reis, und der Baby matschte mit allem rum und warf es anschließend unter den Tisch. Schließlich holte Marii das Kirschkompott aus der Küche, das es zum Nachtisch geben sollte. Damit wollte sie den Baby bei Laune halten. Das klappte prompt. Der

Baby fuhr mit seinem Schieber jede Menge Kirschen ein, sodass Toni und Loni protestierten.

»Der Baby frisst uns ja das Kompott weg!«

»Pott weg!«

Der Baby wollte es sagen, aber da waren Kirschen davor, und eine rutschte dem Baby in den Hals. Der Baby würgte, hustete, Marii hob seine Ärmchen hoch, Iris klopfte ihm den Rücken, nichts half. Es wurde immer schlimmer, dem Baby traten die Augen fast aus den Höhlen, seine Händchen ruderten hilflos, Iris schrie nach dem Notarzt, Lula rannte zum Telefon, und Marii begann sofort zu heulen, weil sie dem Baby die Kirschen gegeben hatte.

Agnes war für einen Moment wie gelähmt. Sie sah die jammernde Marii, Lula, die versuchte, den Notarzt zu erreichen, und den Baby, der sich halb erstickt in Iris' Armen hin- und herwarf.

Agnes konnte nachher nicht mehr sagen, wieso, jedenfalls riss sie Iris den Baby aus den Armen, stellte ihn kopfüber auf die Couch und klopfte auf den Windelhintern. Wie verrückt, immer fester. Iris ließ es mit verzweifeltem Schluchzen geschehen, und plötzlich kam der Stein. Er lag auf der Couch, Reste von Kirsche waren noch dran, Toni und Loni nahmen ihn abwechselnd in die Hand. Der Baby lag still. Konnte wieder atmen, und Iris nahm ihn auf den Arm. Alle saßen um Iris und den Baby auf der Couch. Marii schnäuzte sich ausgiebig die Nase. Es klang wie ein Trompetensolo.

Als der Notarzt kam, untersuchte er den Baby. Es war alles in Ordnung.

»Das war knapp!«, sagte der Notarzt.

Später in Lulas Zimmer war Agnes immer noch so aufgewühlt, dass ihre Hände zitterten. Auch Lula schniefte ständig, und Marii brachte jede Sekunde was rein. Kaffee, Kekse, Obst. Und jedes Mal küsste sie Agnes und Lula. Nie wieder würde sie eingeweckten deutschen Markenkirschen über den Weg trauen, beteuerte Marii, und der Baby bekäme künftig jede Kirsche einzeln vorgekaut.

Agnes überlegte, ob sie Lula das mit Simons Vater erzählen solle. Doch wie konnte sie über Zustände reden, die ihr selber so unklar waren wie die Integralrechnung.

Jeden Tag rief Simons Vater an und er redete so, als wäre Agnes die einzige Liebe seines Lebens; eine Leidenschaft habe ihn gepackt, wie sie ein Mann nur ein einziges Mal in seinem Leben erfährt.

»Und Karin, was ist mit Karin?«

Agnes hatte es gefragt, als Simons Vater endlich einmal Luft geholt hatte, und schon wieder war ein Redeschwall über Agnes hereingebrochen. Karin, ja, sie sei seine erste Liebe gewesen, aber damals sei er ein Junge gewesen, ein unreifer Mann, der noch keine Ahnung hatte vom Leben, von den Frauen. Das sei heute anders. Er habe sehr viele Frauen gehabt, schließlich sei er dann mit genau der falschen zum Standesamt gegangen, aber das sei ja typisch. Je größer die Auswahl, desto höher die Wahrscheinlichkeit, dass man sich den falschen Partner heraussuche.

Natürlich liebe er in Agnes auch Karin, aber Agnes sei eine völlig eigenständige Persönlichkeit. Verschlossen, scheu, intelligent, genau die Frau, von der er immer geträumt habe.

»Ich bin sechzehn«, hatte ihn Agnes unterbrochen.

»Sechzehndreiviertel.« Herr Wolff hatte es erwidert

wie aus der Pistole geschossen. »Ich weiß genau, wie alt du bist. Und du bist gescheiter als andere mit sechsundzwanzig oder sechsunddreißig. Soll ich dir all die prominenten Beispiele aufzählen, bei denen sehr junge Frauen wesentlich ältere Männer geheiratet haben?«

»Bloß nicht. Ich bin Simons Freundin, und schon deshalb war es nicht okay, dass Sie mich geküsst haben, und das muss auch aufhören.«

»Bitte, Agnes, hör auf, mich zu siezen. Das halte ich nicht aus.«

»Ach – und was ist, wenn ich bei Ihnen zum Essen eingeladen bin?«

»Dort duzen wir uns selbstverständlich auch.«

»Sie sind ja verrückt«, hatte Agnes gesagt und dann rasch aufgelegt.

Sollte sie das alles Lula erzählen? Sie würde Agnes kein Wort glauben und sie in der Nußbaumstraße in der Psychiatrie anmelden. Vielleicht musste Agnes da aber auch sowieso bald hin, wenn das nicht aufhörte mit Herrn Wolff und dem ganzen Theater.

Agnes verstand sich selber nicht. Warum legte sie nicht sofort auf, wenn Herr Wolff anrief? Warum erzählte sie Simon nicht, was passiert war? Agnes spürte, dass es zwischen den beiden ständig Spannungen gab. Dass Simon nicht so war, wie seine Eltern sich ihn wünschten. Umgekehrt galt das genauso. Simon hielt seinen Vater für einen Kapitalistenknecht, einen Aufsteiger, der auch seine Seele verkaufen würde, wenn ihm das Geld einbrächte. Seine Mutter wusste, dass ihr Mann sie betrog, dass er sie verachtete, trotzdem arbeitete sie mit ihm daran, den einzigen Sohn zu seinem Ebenbild zu machen. Weil das nicht gelang, schlug sie sich auf die Seite seines Vaters. »Meine Mutter«, hatte Simon gesagt, »meine Mutter will Frau Wolff bleiben. Egal, wie.«

»Hast du gewusst, dass Danda Drogen nimmt?«

Agnes schreckte richtig zusammen. Ständig war sie in Gedanken bei Simon und seinem Vater.

Danda. Lula hatte etwas von Danda gesagt. Vielleicht könnte Agnes mit ihr reden. Danda war nicht einmal zwei Jahre älter als Agnes, aber es schien Agnes, als sei Danda schon erwachsen, so lässig und überlegen kam sie ihr vor. Vielleicht hatte Danda ja tatsächlich Erfahrung mit Drogen, aber sie ließ es sich nie anmerken. Deshalb interessierte es Agnes, woher Lula ihre Neuigkeit nahm.

»Danda? Hat sie dir das selber gesagt?«

»Nee, Frizzie hat es mir erzählt. Sie war mit Paulina und Danda auf einem Fest von der Zwölften, und da hat sie mitgekriegt, dass Danda sich Stoff besorgt hat. Frizzie hat es ihr auf den Kopf zugesagt, und Danda soll es sofort zugegeben haben. Sie rauche oder kiffe gelegentlich, hat sie gesagt, aber sie könne mit dem Stoff umgehen.«

»Sagen das nicht alle am Anfang?«

Agnes war besorgt. Sie hatte Danda lieb gewonnen. Knapp ein Jahr war Danda jetzt in ihrer Klasse. Sie ging früher ins Ludwigs, war dann abgehauen von daheim und nach Berlin getrampt. Sie hatte gewohnt, wo es sich gerade ergab, notfalls draußen. »Ich war auf Trebe«, hatte Danda nicht ohne Stolz erzählt, und Agnes hatte gelernt, dass das bedeutete, wohnungslos zu sein und herumzugammeln. Als sie von Skins zusammengeschlagen worden war, sodass sie sich in der Ambulanz verarzten lassen musste, hatte es Danda schließlich gereicht. Mit Geld, das ihr ein Arzt geliehen hatte, war sie nach

München zurückgefahren. Ihre Eltern hatten sie wieder aufgenommen. Kein Vorwurf. Nichts. Danda erzählte es irgendwie hochachtungsvoll. Sie führte ihr unstetes Leben auch nicht auf ihre Familie zurück. »Da gibt es nichts zu meckern«, sagte Danda jedes Mal. »Meine Familie ist okay. Nur ich bin ein Kuckucksei. Vielleicht war ich im früheren Leben bei einem Nomadenstamm.«

Inzwischen wussten alle, dass Danda, die eigentlich Alexandra hieß, ein gut situiertes Elternhaus, einen jüngeren Bruder und eine ältere Schwester hatte. Dass sie jeden Tag in einer anderen Verkleidung in der Schule auftauchte. Mal völlig abgerissen, dann wieder aufgebrezelt. Danda ging in aller Seelenruhe im langen Abendkleid, Seidenhandschuhen und Stola zur Schule, ein andermal hatte sie eine Bundeswehr-Tarnhose an, dann wieder Shorts aus silbernem Leder mit bayerischen Hosenträgern dran. Oder total zerrissene Jeans mit löchrigen Pullovern dazu. Danda mochte es nicht, wenn man sie fragte, ob sie Grunge sei, Slacker, Hipster, Techno oder so was. Danda wollte nur Danda sein, und das offenbar jeden Tag anders.

»Danda sucht ihre Rolle«, hatte die Musiklehrerin einmal geäußert.

»Das ist zu viel Ehre.«

Danda hatte es nicht gerne, wenn man über sie spekulierte. Sie mochte die Leute, die sie so nahmen, wie sie war. Die nicht ein Wort über ihr ständig wechselndes Äußeres verloren.

»Ich will bloß nicht normal aussehen«, das war alles, was Danda als Erklärung zu bieten hatte.

Agnes wusste nicht so genau, was »normal aussehen« eigentlich bedeutete, aber sie ahnte es. Wahrscheinlich sah sie, Agnes, für Dandas Begriffe »normal« aus. Im Sinne von spießig. Das fand Agnes jedenfalls oftmals, wenn sie sich neben Lula, Danda und den anderen im Kaufhaus im Spiegel sah oder so. Aber Danda war wirklich fürs Außergewöhnliche zuständig. Vielleicht würde sie sich auch in solchen Geschichten auskennen, wie Agnes sie gerade mit Simon und seinem Vater erlebte.

Diese Aussicht tröstete und erleichterte Agnes über die Maßen. Fröhlich teilte sie daher Lula mit, dass sie sich um Danda doch keine Sorgen machen solle.

»Wenn Danda wirklich mal was nimmt, dann weiß sie schon genau, was sie tut. Da hab ich gar keine Angst.«

»Na, hoffentlich«, antwortete Lula. »Iris sagt nämlich immer, dass du vom Kiffen schlapp wirst. Unruhig. Dass du dich auf nichts mehr konzentrieren kannst. Vielleicht hält es Danda deshalb nirgends lange aus.«

»Aber in der Schule hängt sie uns doch alle ab!«, wandte Agnes ein.

»Stimmt«, sagte Lula nachdenklich. »Ich hab halt Schiss vor Drogen. Und ich schieb im Moment andere Probleme.« Nach einer kurzen Pause fuhr sie fort: »Du, das mit der Pille, das ist ziemlicher Mist. Ich fühl mich richtig aufgepustet, seit ich das Ding jeden Tag schlucke. Sieh mal, hier, hier, sieht das nicht grauenvoll fett aus?«

Lula drehte sich vor Agnes, zeigte ihr die Hüften, den Busen, alles war nach Lulas Meinung viel dicker geworden.

»Und jeden Tag muss ich an das blöde Pillending denken. Iris hat es mir genau ausgerechnet, Gott sei Dank hab ich die genauen Zahlen sofort vergessen: Doch – bis ich vierzig bin, muss ich eimerweise von den Pillen schlucken! Und weißt du was? Jetzt hab ich einen

Scheidenpilz! Jetzt muss ich dauernd mit Salbe rumarbeiten. Sei froh, dass du die Pille nicht nimmst.«

Lula hatte es fast herablassend zu Agnes gesagt, doch dann erinnerte sie sich, dass Agnes ja jetzt mit Simon befreundet war.

»Hast du inzwischen schon mit Simon …?«

Agnes war auf diese Frage gefasst. Da Lula ihr alles über Tobias erzählt hatte, war Agnes ja verpflichtet, gleichermaßen offen zu sein. Aber sie wusste nicht, was sie antworten sollte. Dass Simon sie inzwischen schon oft geküsst hatte? Dass er versuchte, ihre Brust oder ihre Schenkel zu streicheln, und dass Agnes dann von ihm wegdrängte. Das konnte sie Lula unmöglich erzählen.

»Also, habt ihr oder habt ihr nicht?«

Lula ließ nicht locker. Es war Agnes peinlich, dass sie Lula enttäuschen musste; sie hätte gern eine Antwort gegeben, die Lula zufriedenstellen würde.

»Gib es zu, ihr habt nicht! Wie der Simon das aushält! Der hat doch sicher schon – oder?«

»Doch, ja, ich meine, er hat so was gesagt.«

Hätte Agnes doch nur gewusst, wie sie Lula von dieser verdammten Fragerei ablenken konnte. Aber Lula war schon wieder in ihren Gedanken da, wo sie meist war, bei sich selber.

»Du weißt schon, dass du, außer Patti, die Letzte von uns bist!«, sagte Lula noch mahnend, und dann platzte sie mit ihren eigenen Problemen heraus.

»Das mit Tobias, das läuft nicht mehr. Das ist vielleicht ein Stubenhocker. Den krieg ich nicht von daheim weg. Jeden Tag kommt der, und dann sitzen wir mit der Familie zusammen und spielen Scrabble und Monopoly. Toni und Loni sind begeistert. Am Anfang hat Klaus noch gemotzt. Weil Tobias morgens immer im Pyjama Kaffee kocht. Manchmal auch nachts. Der Klaus hasst Schlafanzüge. ›Zieht der jetzt hier bei uns ein?‹, hat er mich gefragt. Der hat fast die Krise gekriegt.

Inzwischen hat er sich an Tobias gewöhnt. Iris auch. Sie zickt nicht mehr mit mir rum. Fast wär ich froh, wenn sie mir Tobias wieder verbieten würde. Das bisschen Sex, na gut, okay. Aber dafür einen Scheidenpilz? Also, irgendwie schnarcht es mich an im Moment.«

»Aber du warst doch so verknallt.«

Agnes fasste es nicht. Sie hatte mitgekriegt, wie das anfing mit Tobias, und Tobi war im letzten Sommer noch im Käthe Kollwitz gewesen, inzwischen besuchte er das Klenze, weil seine Eltern sich hatten scheiden lassen und seine Mutter von Nymphenburg in die Au gezogen war. Die 10f hatte ›Viel Lärm um Nichts‹ von Shakespeare aufgeführt, Tobias hatte den Don Juan gespielt und Lula die Hero. Damals hatte Lula Tobias noch gehasst, wie sie sagte. »Der mit seinem blöden Pferdeschwanz«, hatte sie sich immer aufgeregt, wenn Tobias ihr zeigte, dass er mit ihr gehen wollte.

Agnes hatte damals auch gar nicht verstanden, dass Lula während der ganzen Ferien auf Sardinien ständig von Tobias gesprochen hatte. Wie blöd der sei, wie arrogant, dass er sich sonst was einbilde, bloß weil sein Vater Chefmaskenbildner an den Kammerspielen sei. Agnes hatte sich gewundert, dass Lula immer wieder von Tobias anfing, obwohl sie ihn derart bescheuert fand.

Nach den Ferien war Agnes noch mehr erstaunt gewesen. Tobias hatte Lula gefragt, ob sie mit zu »Sarcletti« gehe, Eis essen. Und Lula war einverstanden gewesen.

»Gehst du wirklich mit dem?« Agnes war entgeistert.

»Fällt dir nichts auf? Sein Pferdeschwanz ist ab! Na?«

Lula hatte Agnes herausfordernd angesehen. Tatsächlich, Agnes war es gar nicht aufgefallen. Tobias hatte seine schulterlangen blonden Haare ratzeputz abschneiden lassen. Wimpernkurz. Dem hatte sicher einer erzählt, was Lula von dem Pferdeschwanz hielt.

Seitdem gingen sie zusammen, Lula und Tobias. Und jetzt, wenige Monate später, hatte es Lula schon satt. Oder ein bisschen satt. Agnes kannte sich bei Lula nicht so richtig aus. Sie erzählte Agnes zwar so ziemlich alles, aber was sie wirklich fühlte, dachte oder wünschte, wusste Agnes eigentlich nie.

Doch heute war Lula geladen.

»Und dann dauernd Toni und Loni, die sitzen uns vielleicht im Nacken. Tobias kann denen nichts abschlagen. Bloß weil er keine Geschwister hat. Neulich waren wir im Kino, ›Geisterhaus‹, da hingen Toni und Loni auch an uns dran. Erst haben wir uns verrenkt, um die Platzanweiserin abzulenken, damit die Säuglinge überhaupt reinkonnten. Das hat ja noch Spaß gemacht. Und dann haben die beiden sich nachher beschwert.«

»Beschwert? Worüber denn?«

»Über die Sauerei, dass sich Meryl Streep nackt im Bett filmen lässt.«

Lula hatte sich eine Zigarette angezündet. Wenn sie rauchte, dann hieß das, dass sie sich an irgendetwas festhalten musste. Das hatte sie Agnes einmal erklärt. »Wenn du im Café sitzt oder so, dann ist eine Zigarette gut. Du hast was in den Händen, irgendeiner gibt dir Feuer, du hängst nicht so blöd rum. Es macht dich ruhig, irgendwie.«

Agnes selber hatte keine Lust auf Zigaretten, der Rauch schmeckte ihr nicht, aber sie roch es gern, wenn jemand rauchte. Es roch nach Vergangenem, erinnerte sie an Michael. Sie konnte die hysterischen Leute nicht leiden, militante Nichtraucher, die einen Anfall kriegten, wenn jemand seine Zigaretten rausholte.

Aber warum rauchte Lula jetzt?

Agnes und Lula waren manchmal wie ein altes Ehepaar. Sie hatten oft dieselben Gedanken, und so war es auch jetzt wieder.

»Ich fühl mich gestresst, irgendwie«, sagte Lula. »Unser Haus ist so laut. Du hast es ja gesehen, irgendwas passiert bei uns jeden Tag. Die Schule. Tobias ist dauernd da. Die stressigen Zwillinge, die an uns drankleben. Sie möchten am liebsten ständig bei uns herumglucken. Wetten, dass die auch noch durchs Schlüsselloch luren? Mir wird alles zu viel. Ich beneide dich, du hast bloß den Andreas um dich, und sonst kannst du tun, was du willst.«

Agnes dachte nach. Sie hatte bisher immer Lula beneidenswert gefunden. Manchmal hatte sie sich richtig geniert, dass sie mit dem Freund ihrer Mutter zusammenlebte. Doch seit es Simon gab, fiel ihr das nicht mehr so stark auf.

Agnes dachte oft an Simon. An seinen Vater. Immer noch nicht hatte sie mit Simon über ihn geredet. Vielleicht konnte sie es nie tun.

»Wie redet eigentlich Simon über mich?« Lula zog nervös an ihrer Zigarette und sah Agnes aus den Augenwinkeln an.

Agnes war nicht erstaunt, dass Lula mal wieder an dasselbe dachte, aber sie war erstaunt über Lulas Frage.

»Ich weiß nicht. Mir fällt gerade nichts ein.«

»Waaas? Heißt das, dass du mit Simon nicht über mich redest? Tobias und ich reden dauernd von euch. Tobias sagt, er würde wetten, dass Simon noch nie mit einem Mädchen geschlafen hat.«

Erwartungsvoll sah Lula Agnes an. Zuerst wollte Agnes heftig antworten, dass es ihr egal wäre, dann aber fiel ihr ein, dass Simon in letzter Zeit nie mehr versucht hatte, ihr an den Busen oder an die Schenkel zu fassen. Wenn Tobias recht hatte, war Simon vielleicht sogar erleichtert, dass Agnes nicht mehr erlaubte als Küssen. Er hatte ihr versichert, dass er sehr glücklich sei, mit Agnes zu gehen. Das hatte Agnes beruhigt. Ihre Angst war immer gewesen, dass Simon abspringen könnte, weil sie nicht mit ihm schlafen wollte. Und sie mochte Simon nicht mehr hergeben. Alle in der Clique fanden ihn gut. »Der sieht super aus.« »Klasse.« »Mann, du hast vielleicht ein Glück!«

Hatte Agnes Glück? Seit Michaels Tod hatte sie daran schon oft gezweifelt. Eigentlich schon nach der Scheidung. Danach war Michael ja erst krank geworden. Agnes schob den Gedanken weg, dass Juliane im Grund Schuld hatte an Michaels Tod. Sie wusste, das war ungerecht, aber diese Gedanken kamen, ob Agnes wollte oder nicht. *Und vergib uns unsere Schuld, wie auch wir vergeben unseren Schuldigern.* Agnes hatte schon oft im Leben das Vaterunser gebetet. Tausendvierundsiebzig Mal mindestens. Doch sie spürte, dass sie nicht vergeben konnte.

An Michaels Grab war Agnes daher auch völlig allein gewesen. Andreas hatte Juliane am Arm, und beide wollten sie Agnes in die Mitte nehmen. Nie aber hätte Agnes zwischen beiden an Michaels Grab stehen können.

Als sie auf dem Friedhof angekommen waren, hatte Agnes dringend auf die Toilette gemusst. Ein Friedhofsbeamter hatte ihr den kleinen Raum neben der Aussegnungshalle gezeigt. Dort drinnen, Wand an Wand mit dem Raum, in dem Michael aufgebahrt war, dort drinnen hätte Agnes sich einschließen mögen. Sie gehörte zu Michael, und er gehörte zu ihr. Er hatte Agnes lieb gehabt, nur er. Nicht Juliane, niemand von den Leuten draußen.

Agnes hatte flüchtig auch Hortense gesehen, obwohl sie ganz hinten stand. Hortense sah aus wie hundert Jahre alt, und Agnes musste daran denken, dass sie die letzte Frau war, die Michael geliebt hatte. Warum stand sie nicht am Grab, neben Agnes?

Im Grunde war auch das egal. Der Pfarrer hatte gesagt, dass Josef Michael Ruge tot sei. *»Wir müssen ganz begreifen, was das ist, o Herr. Sein Blick wird uns nicht mehr treffen, seine Hand wird die unsere nicht mehr halten. Er ist tot. Er ist nicht mehr hier.«*

O verdammt, ja, Michael lag jetzt in der Kiste da, und das Herz aus Rosen, das Agnes auf den Sarg gelegt hatte, war heruntergerutscht. Michael. Papa. Ich will aufwachen! Mach, dass alles nicht wahr ist, Papa!

»Du bist die Auferstehung und das Leben. Lass ihn aufwachen bei dir, Herr. Gib ihm das nie verrinnende Leben, das wir uns ersehnen, Herr. Kann unsere Sehnsucht uns täuschen? Herr, du hast es versprochen: Wer an mich glaubt, der wird leben.«

Agnes hatte es geglaubt. In diesem Moment musste Agnes es glauben, sonst hätte sie laut über den Friedhof geschrien, warum alle diese Idioten hier herumstanden, und Michael, ihr Michael, der klüger und gütiger als alle war, der musste in diesem verdammten Sarg liegen! Das war ungerecht, eine verdammte Ungerechtigkeit war das! Wieso konnten diese Leute nachher wieder zum Essen gehen, ins Kino und ins Bett und Michael musste hierbleiben, in diesem Loch, wo es ihn fror und wo es dunkel war?

»Agnes, hey, wohin bist du denn wieder abgetaucht? Ich hab dich was gefragt!«

Lula sah Agnes forschend an. Sie hielt ihr ein Glas entgegen und wollte wissen, ob Agnes Cola mochte oder Limo.

»Danke«, sagte Agnes. Sie fühlte sich mit einem Mal müde und wollte heim.

»Entschuldige«, sagte sie deshalb zu Lula. »Ich muss jetzt gehen.«

»Ist was mit Simon?« Lula fragte es in dem raschen, leisen Ton, den ihre Stimme immer hatte, wenn etwas sie wirklich interessierte. »Ihr habt doch keinen Zoff?«

War das nur Neugier, dass Lula sich derart festkrallte? Gerade noch hatte sie sich beklagt, dass sie keine Minute für sich habe, und jetzt –

Agnes sah Lulas erwartungsvoll funkelnde Augen, ihr Mund war zu einem winzigen Lächeln geöffnet. Hoffte Lula, dass Simon und Agnes sich zerstritten? Aber warum?

Agnes beschloss, heute nicht mehr darüber nachzudenken. Sie mochte über gar nichts mehr nachdenken. Sie stieg auf ihr Fahrrad und wusste, in spätestens einer Minute würde sie die kühle Luft im Gesicht spüren, ihre Hände würden kalt sein, und das war das einzig Verlässliche. Auch die Konzentration, mit der Agnes sich auf dem Rad bewegte. Da musste einem nur ein Dackel ins

Rad rennen, wie neulich im Olympiapark, da hatte sich Agnes über den Lenker gestülpt und war mit dem Kopf auf den Asphalt aufgeschlagen. Wochenlange Kopfschmerzen, Blutkrusten an Knie und Ellenbogen, und natürlich waren Hund und Anhang verschwunden, bis Agnes sich einigermaßen aufgesammelt hatte. Seitdem fuhr sie achtsam und, wie Simon meinte, übervorsichtig.

Als sie zum Kanal kam, kreiste ein Hubschrauber darüber, die Feuerwehr suchte wohl etwas im Wasser. Agnes fragte einen Jungen, der offenbar schon eine Weile zugesehen hatte. Er erklärte Agnes, dass eine junge Frau daheim vermisst würde und die Schwester von ihr heute Morgen Kleider von ihr am Hubertusbrunnen gefunden habe. Und nun suchten Polizeitaucher die Leiche.

An Agnes' Lieblingsplatz sah es aus wie nach einer Katastrophe. Feuerwehrautos standen da, Taucher kamen aus dem Wasser, andere gingen hinein. Penner Manni war da, er diskutierte mit Jugoslawenfritz darüber, ob es gescheiter sei, *mit* Kleidern ins Wasser zu gehen oder ohne.

»Des is doch klar, mit Kleidern ersaufst viel schneller als ohne«, sagte Jugoslawenfritz.

»Wannst wirklich ersaufen willst. Vielleicht hat's nur einen Rausch gehabt und wollt a bisserl schwimmen!«

Vielleicht hatte sie keine Lust mehr, zu leben, dachte Agnes, und sie versuchte, sich vorzustellen, ob sie die junge Frau gekannt hatte, nach der man jetzt gerade tauchte. Agnes sah das grüngelbe Wasser des Kanals, ihr war kalt, sie wollte heim. Außerdem musste sie dringend aufs Klo, das hatte sie bei Lula vergessen.

Agnes rannte die Treppe rauf, schon im Laufen öffnete sie den Knopf ihrer Jeans, im Flur ließ sie den Rucksack fallen, die Jacke, und dann prallte sie in der Tür zum Bad mit einer nackten Frau zusammen, die vor Schreck ihre Hände vor die Brüste hielt und Agnes mit offenem Mund anstarrte.

»O Gottogott!«

Die war wohl auch noch fromm! Agnes konnte darauf keine Rücksicht nehmen. Sie schob die Nackte grob beiseite und raste ins Bad, wo es den einzigen Lokus in dieser Wohnung gab. Agnes knallte die Tür hinter sich zu, drehte den Schlüssel rum und ließ sich auf die Brille fallen.

Andreas rüttelte an der Badezimmertür. »Was tust du denn hier? Du hast mir einen Zettel geschrieben, dass du heute bei Wagners bleibst. Gegen zehn wolltest du heimkommen. Jetzt ist es halb fünf!«

Typisch. Typisch die Erwachsenennummer. Jetzt betrog der da draußen Juliane am helllichten Tag, und Agnes war schuld. Na – der sollte sie kennenlernen!

Während Andreas draußen immer wieder an der Tür rüttelte und rumschrie – klar, er hatte schließlich seine Klamotten im Bad und die von der Tussi lagen auch auf dem Boden –, begann Agnes seelenruhig, sich mit Julianes Schminksachen aufzubrezeln.

Agnes malte sich Lidstriche wie Balken, tuschte die Wimpern schwarz, bis sie aussahen wie lange Fliegenbeine, sie klatschte jede Menge grünen und lila Lidschatten auf die Augen und toupierte ihre Haare wie Campino von den »Toten Hosen«.

Draußen geriet Andreas derweil in die totale Krise. Er schrie, dass er den Schlüsseldienst rufen werde oder die Feuerwehr. Agnes solle doch nicht kindisch sein, man könne doch über alles reden, schließlich sei Agnes doch fast eine erwachsene Frau. Auch die Tussi rief dazwischen, Agnes solle doch aufmachen, sie solle nur ja keinen Unsinn machen, es sei doch gar nichts passiert.

Die glauben wahrhaftig, ich würde mir was antun, weil sie hier rumgevögelt haben, dachte Agnes. Sie öffnete schließlich die Tür, und Andreas stand da mit seiner Braut wie Cäsar und Kleopatra. Beide hatten sich in Bettlaken gewickelt, und sie starrten Agnes an, wie nur Erwachsene glotzen können, wenn genau das Gegenteil von dem passiert, was sie erwartet haben.

Und nun schellte auch noch das Telefon.

»Ich darf doch?«, fragte Agnes souverän und ging an den Apparat.

Es war Patti. Auch das noch. Aber Patti war nach der Schule von einem Jungen abgeholt worden, und das war eine Sensation. Nicht nur für Patti. Alle gönnten es ihr und hielten die Daumen. Der Junge war nicht besonders, ziemlich klein, und er wog sicher nur halb so viel wie Patti. Aber immerhin.

Und jetzt wollte Patti berichten. Das konnte Agnes ihr nicht abschlagen. Allen, aber nicht Patti.

»Telefonier bitte nicht stundenlang, ich muss ein Taxi bestellen.«

Andreas, der sonst immer gleich laut losmotzte, wenn Agnes länger als eine Sekunde telefonierte, war jetzt höflich und ruhig. Anscheinend wollte seine Tussi heim. Agnes konnte es recht sein.

»Könnt ihr denn die drei Schritte nicht zu Fuß gehen? Ich hab was Wichtiges mit Patti zu reden!«

Sie zogen ab, Andreas und die Braut, und Agnes konnte sich ungeniert Patti widmen. Und dann legte Patti auch gleich los:

»Du, Agnes, des kann i dir glei sagn, mit dem Typ hab i mir was eing'handelt!«

Wenn Patti vom Hochdeutschen ins Bayerische fiel, musste sie entweder entzückt sein oder wütend. Jetzt war sie wütend, es musste also was schiefgegangen sein. Ach, Patti!

»Du, mer verlangt ja gar nix Großartig's, aber der Typ vergisst alles, was an Höflichkeit grenzt. Du weißt, i bin net anspruchsvoll, aber die Grundregeln musst scho einhalt'n. Also, mir san zum Essen gangen. I hob eam eing'laden, da lass i mi net lumpen, gell, und da waren wir dann am Buffet, du woaßt scho, da dekorierst dir alles auf so an Tablett, i balancier des hinter ihm her durch so a Schwingtür, so a blöde, und den Rest kannst dir ja denken.«

»Ach, Patti«, sagte Agnes, »vielleicht war er nervös, hat nicht dran gedacht, dass du so dicht hinter ihm kommst.«

»Naa, naa. Wann ich mit dem millionen Mal Essen geh, haut er mir auch millionen Mal die Tür ans Hirn, des kannst mir glauben. Da hast du es besser. Dein Simon ist so süß. Der kann sich benehmen. Ich glaub, auf den sind dir viele neidisch. Ich hab gehört, wie die Kitty gesagt hat, sie wüsste mal gern, was der Simon an dir findet.«

Jetzt sprach Patti wieder hochdeutsch, und Agnes ging davon aus, dass sie den Typen mit der Schwingtür inzwischen wieder vergessen hatte.

Pattis Beobachtungen waren Agnes nicht neu. Oftmals, wenn Simon sie abholte, trafen sie scheele Blicke.

Warum wollte Simon Agnes? Sie hatte keine Lust mehr, sich das zu fragen. Es war ihr eigentlich auch egal.

Sie ging mit Simon, basta. Oft dachte sie an ihn. Sie hatte einen Freund. Einen, um den sie sogar beneidet wurde.

Wenn er kam, war sein Gesicht meist rot von der Kälte, das blonde Haar fiel ihm über das Gesicht. Simon hatte damit zu tun, es immer wieder zurückzustreichen. Die hohe Stirn, die grünen Augen, die Nase und der Mund – Agnes dachte, dass Simon irgendwie aussah wie die Statuen in der Glyptothek. Nur hatten die am Kinn keinen Flaum, so wie Simon. Darauf hätte Agnes zwar verzichten können, aber Simon schien es zu gefallen, und so sagte ihm Agnes nie, dass er ihr ohne diesen komischen Bart besser gefallen würde. Schließlich mäkelte auch Simon nicht an ihr herum, obwohl es wahrhaftig genug auszusetzen gab.

Morgen war Simons Geburtstag. Agnes hatte es zufällig von Herrn Wolff erfahren, der es bei einem Telefonat ganz nebenbei erwähnt hatte. »Mein Herr Sohn wird siebzehn, aber er hat sich jede Aufmerksamkeit verbeten.«

Agnes war nichts eingefallen, was sie Simon hätte schenken können. Geld hatte sie sowieso keins, das war bei Agnes chronisch. Ein Buch mochte sie nicht schenken, auch keine CD oder so was. Nichts passte ihr. Plötzlich aber fiel es ihr ein. Und ihr Geschenk machte ihr Herzklopfen.

Simon holte Agnes am nächsten Tag von der Schule ab, sie fuhren wie so oft mit den Rädern in die Waisenhausstraße. Agnes fühlte Simons Kuss noch in der Gegend unterm Ohr. Vor der Schule mochten sie sich nicht auf den Mund küssen, sie gaben doch schließlich keine Gratisvorstellung.

In der Wohnung bat Agnes Simon, sich hinzusetzen,

er könne ja Tracy Chapman hören oder Gospels oder so was. Simon setzte sich, er sah erstaunt, aber auch irgendwie gespannt aus.

Agnes ging in ihr Zimmer. Sie wusste, dass Andreas heute zu einem *brainstorming* beim Produzenten war, er würde erst abends zurückkommen. Agnes nahm sich daher Zeit. Sie zog ihren Pullover aus, das Hemd, und dann ging sie leise ins Bad, wusch sich flüchtig und nahm etwas von Julianes Körperpuder.

Agnes spürte, wie ihr Herz schlug. Bis zu den Ohren hinauf konnte sie es spüren. Gott sei Dank, denn so konnte sie sich ganz darauf konzentrieren und musste nicht darüber nachdenken, was sie jetzt tat.

Mit nacktem Oberkörper ging Agnes ins Wohnzimmer. An der Tür blieb sie stehen.

»Simon, du musst jetzt fest die Augen zumachen, ganz fest, versprichst du mir das?«

Simon presste fest die Lider zusammen und legte noch seine Hände darüber. Agnes ging zu Simon. Nah vor ihm blieb sie stehen. Ganz nah.

»Simon«, sagte Agnes.

Er sah sie, sah ihren nackten Busen. Er öffnete und schloss den Mund, als bekäme er keine Luft, seine Hände griffen nach Agnes, er hielt ihre Oberarme, schaute Agnes an, und er sah aus, als wisse er nicht, wohin mit sich. Tränen liefen ihm über das Gesicht. Er zog Agnes fest an sich, streichelte ihren Rücken, immer wieder.

»Agnes, Agnes«, schluchzte Simon.

»Es ist dein Geburtstagsgeschenk«, sagte Agnes.

8

Auf dem Fest bei Frizzie war die ganze Clique da, Lula und Tobias, Danda mit einem Typen, der Rod hieß und aus London kam, Frizzie war mit Steffen gekommen, Paulina eng umschlungen mit Tom. Nur mit dem Typen, den Paulina für Patti eingeladen hatte, klappte es nicht. Er hing rum, versuchte Frizzie anzubaggern, doch die hatte natürlich nur Augen für Steffen. Das war eindeutig. Aber dieser Typ musste es wohl erst schriftlich kriegen. Paulina hielt ihm einen entsprechenden Vortrag. Erst dann zog sich Manuel, so hieß er, zurück auf die Bierkiste. Er war nicht dazu zu bewegen, auch nur ein Wort mit Patti zu reden.

»So ein Depp«, schimpfte Paulina. »Dabei hat er Pickel! Für den ist unser fesches Krokodil viel zu schade.«

Seit Fasching hieß Patti nur das »fesche Krokodil«. Auf der Faschingsfete, die Patti jedes Jahr geben durfte und wo sie natürlich Heimspiel hatte, war Patti in die Vollen gegangen. Sie war als Krokodil verkleidet gewesen, und ihr Anblick hatte jedem erst einmal die Sprache verschlagen.

Patti hatte ihre achtzig Kilo in einen giftgrünen hautengen Body gesteckt. Auf dem Kopf spannte sich eine ebenso grüne Badekappe mit einer lila Blume auf der Stirn. Dazu hatte sich Patti mit lila Stulpenstiefeln und einer Schwimmbrille ausgerüstet, und um den Hals hatte sie eine Taucherbrille drapiert.

»Na, bin ich net ein fesches Krokodil«, hatte Patti von jedem wissen wollen, und alle waren begeistert gewesen und hatten ihr zu dem tollen Kostüm gratuliert. Auch Danda hatte gesagt, dass sie sich künftig von Patti beraten lassen wolle beim Anziehen. Darüber war Patti aufrichtig glücklich gewesen, denn sie wäre auch im Alltag gern so mutig gewesen wie Danda, deren Verkleidungen sie jeden Tag bewunderte.

Danda selber hatte sich zurückgehalten. Sie trug nur eine Jeans, einen schwarzen Body und um den Kopf ein Gummiband, wie man es für Kleinkinderhosen verwendet. Darin steckten ein paar Blümchen und ein bisschen Stroh, das Danda aus einer Ostereier-Dekoration geklaut hatte. Sah aber komisch aus. Nur Tobias und Olli waren enttäuscht gewesen, sie hatten von Danda die Superkostümierung erwartet.

»Hey, dir ist wohl nichts eingefallen?«, hatte Tobias gefragt, doch Danda wirkte zufrieden.

»Mir gefällt es, ich erhole mich eben im Fasching, wenn die anderen die Sau rauslassen.«

Olli war Simons Freund. Er kam in letzter Zeit immer häufiger mit, wenn Simon Agnes von der Schule abholte. Sehnsüchtig schaute er dann Danda hinterher, die meist gedankenverloren in ihrem jeweiligen Kostüm aufs Fahrrad stieg. Doch Olli gab nicht auf. Er fragte Danda, ob sie mit ihm zum »Sarcletti« gehe oder ins Kino. Danda war immer geistesabwesend-freundlich, versprach Olli, demnächst mit ihm hinzugehen, wo immer er wolle, aber nicht gerade heute. Heute könne sie nicht.

So war es auch jetzt wieder auf der Party bei Frizzie.

Danda hatte auch diesmal Rod mitgebracht. Er sprach Deutsch mit einem starken Akzent, besuchte die Munich International School in Starnberg. Er und Danda hatten sich beim Konzert der Stones kennengelernt. Rod, der eigentlich Roderick McLeod hieß und aus London kam, war von Danda begeistert. Endlich eine Deutsche, die nicht spießig war. Das Exzentrische an Danda gefiel Rod. Ihm hatte auch ihr Faschingskostüm imponiert. »Eine Kraut, die allen zeigt, dass sie Stroh im Kopf hat. Klasse!«

»Was ist das denn für ein Angeber? Stopft sich hier voll, säuft uns das Bier weg und nennt uns Krauts? Der hat wohl ein Rad ab?«

Olli verstand die Welt nicht mehr. Er setzte sich mit einer halb vollen Bierflasche zu Agnes, rollte die Augen in Richtung Danda und Rod: »Geht die Danda vielleicht mit dem – oder was?«

»Woher soll ich das wissen?«

Agnes war besorgt, aber auch wütend auf Olli. Danda war schließlich nicht sein Eigentum. Olli brauchte sich nicht zu besaufen, weil Danda Rod eingeladen hatte.

Simon, der Olli ohnehin wenigstens mal für eine Minute los sein wollte, riet ihm, doch nachzufragen. »Warum gehst du nicht hin und fragst Danda, weshalb sie Rod eingeladen hat und nicht dich. Dann wirst du es wissen.«

Olli fand das offensichtlich eine gute Idee, denn er ging auf die beiden zu. Agnes sah, dass Olli ziemlich breitbeinig ging. In seinen weiten Hosen, dem überweiten Hemd und der Filzkappe sah er aus wie einer der Jungen, die fast jeden Nachmittag vor dem Gemischtwarenladen von Hanni Werntaler saßen, wo sie jede

Menge Bier und Cola schluckten. Vielleicht war Olli vor der Party auch schon dort gewesen, er wirkte jedenfalls ziemlich betrunken.

»Hey, du Angeber, was bildest du dir ein? Wer hat hier Stroh im Kopf?«

Rod sah Olli freundlich an: »Sorry, du hast vielleicht eher Bier drin, oder?«

Olli setzte die Flasche an, dann spuckte er Rod das Bier ins Gesicht.

»Das geht dich fei einen Dreck an, und die Danda lässt du auch in Ruhe, die will eh nix von dir, du – du blöder Wichser.«

Danda hob nur freundlich-unbeteiligt die Schultern, doch Rods blasses Gesicht lief rot an, und Agnes sah zum ersten Mal, dass Rod eher klein war und sehr schmal. Er wirkte nur durch seinen englischen Akzent irgendwie erwachsener auf Agnes und wohl auch auf die anderen, denn sie behandelten ihn alle, als gehöre er schon lange zu ihnen. Deshalb starrten jetzt auch alle Rod und Olli an.

Agnes überlegte fieberhaft, wie sie die Situation entkrampfen könne, da sagte Rod wieder ruhig, dass Olli ja nur ein dickes großes Baby sei, dem man nichts übel nehmen dürfe.

»Oh my god – wahrscheinlich weißt du nicht mal, was Wichsen ist.«

Jetzt wurde Olli rot und wieder bleich, sein Mut, aber auch seine Wut waren offenbar beim Teufel. Er setzte sich zu Manuel auf die Bierkiste, und es war fraglich, wer von den beiden einem Nervenzusammenbruch näher war.

»Ich find's gut, dass du es noch nicht willst.«

Wie? Was? Agnes war verwirrt, doch dann begriff sie sofort, was Simon meinte. Er hatte gerade mit Frizzie getanzt, Agnes mit Lula, Tobias und Patti, denn sie übten für ›Les Misérables‹ eine Formation, die wahrscheinlich in der Schluss-Szene getanzt werden sollte.

Agnes hing in ihren Gedanken immer noch bei Marius und Cosette, doch sie wusste gleich, wovon Simon redete.

»Dein Geburtstagsgeschenk«, sagte Simon, »das war wunderbar.«

Agnes spürte, wie ihre Ohren heiß wurden.

»Du redest doch mit niemandem darüber?«, fragte sie Simon. Agnes meinte, dass auch Simon ein wenig rot wurde, doch sie hätte es nicht beschwören können.

Agnes war sich nicht sicher, ob Simon nicht doch mit seinen Freunden über sie redete. Jedenfalls wollte sie nicht als Versagerin dastehen. Manchmal wünschte sie sich, dass sie souverän und lässig mit Simon schlafen könnte. So wie andere Mädchen, so, wie Lula das wahrscheinlich inzwischen auch tat. Agnes mochte es sich zwar nicht vorstellen, nein, niemals möchte sie wissen, wie Lula – oder gar wie Simon –, nein.

Agnes sah manchmal spätabends, wenn ihr Stiefvater ausgegangen war, im Nachtprogramm Pornofilme. Jedenfalls nahm sie an, dass es welche waren. Nackte Frauen mit meist großen Brüsten lagen unter oder auf nackten Männern, oder die Paare machten es im Stehen, im Knien oder mit sonstigen Verrenkungen. Die Leute waren Agnes meist unsympathisch. Warum, hätte sie nicht sagen können. Irgendwie dümmlich sahen die aus und überhaupt nicht glücklich. Sie warfen zwar ekstatisch die Köpfe und stöhnten dabei, doch das fand Agnes lächerlich.

Holly Hunter in ›Piano‹ hatte Agnes sofort geglaubt, als sie in den Armen von Harvey Keitel lag, und sie hatte sich auf der Stelle gewünscht, eine solche Leidenschaft zu erleben. Sie glaubte, dass eine Frau überirdisch glücklich sein musste, wenn sie mit einem Mann schlief.

Lula hatte zwar gesagt, beim ersten Mal habe es ihr ganz schön wehgetan. »Ich hab mich gefragt, was mach ich falsch, dass das so wehtut«, hatte Lula Agnes berichtet. Inzwischen kannte Lula schon alle möglichen Positionen, weh tat es nicht mehr, aber überirdisch glücklich war Lula auch nicht. So viel wusste Agnes.

Woran es lag, dass Lula nicht über die Maßen froh war, das war Agnes nicht klar. Darüber sprach Lula auch nie. Vielleicht, weil sie es selbst nicht wusste.

Also gab es doch eigentlich für Agnes keinen Grund, mit Simon zu schlafen. Wenn Lula es nicht schaffte, dabei glücklich zu werden, die schöne, selbstsichere Lula, wie konnte es dann Agnes gelingen? War es Juliane gelungen und Michael, oder Lulas Eltern? War es nur auf der Kinoleinwand wunderbar und im realen Leben eben nicht?

Agnes wusste, dass in Wahrheit eine Angst in ihr war, eine Scheu, die sie nicht benennen konnte. Sie wollte Zeit gewinnen, das war es. Sie hatte gelernt, dass sich mit der Sexualität etwas verband, das Agnes von den Erwachsenen auf geheimnisvolle Weise trennte. Doch dann nahmen sie wiederum Anteil, sodass man sich unangenehm berührt fühlte.

Das musste bei Agnes sehr früh losgegangen sein. Sie erinnerte sich, dass Michael, Juliane und vielleicht sogar noch die Großeltern – jedenfalls waren mehrere Leute da – sich über Agnes' Bett gebeugt hatten, und Agnes wusste, sie hatte irgendetwas getan, was so nicht gewünscht wurde. Nur Agnes hatte es schön gefunden. Und sie tat es immer wieder, wenn sie nicht schlafen konnte. Damals war Agnes sechs gewesen oder so.

Das zweite Mal war auf einer Party. Juliane und Michael hatten eine Menge Leute eingeladen. Das Kaminzimmer und alle übrigen Räume waren voller Menschen, die redeten, tranken, aßen, lachten. Agnes war sich überflüssig vorgekommen, allein. Sie hatte sich auf den Teppich gehockt und begonnen, mit den Tatzen ihres Teddys zwischen ihren Beinen zu reiben, bis es dort ganz süß wurde und pochte. Agnes hatte alles um sich vergessen. Da schrie plötzlich Juliane, Agnes solle sich auf ihr Zimmer scheren, aber subito! Wenn sie das schon mache, dann doch gefälligst, wenn sie allein sei.

Auch mit Lulas Eltern hatte es Momente der Verlegenheit gegeben. Es war an Lulas Geburtstag gewesen, sie waren acht Jahre damals und die Zwillinge vielleicht fünf, da hatte Lulas Vater geschimpft: »Im eigenen Haus kann man nicht mal allein auf das Klo gehen! Ständig rennen mir die Zwillinge hinterher und wollen mir den Penis abputzen! Iris, kannst du denen nicht mal beibringen, dass das *mein* Penis ist! Mir glauben sie es nicht!«

Agnes hatte davon zu Hause erzählt. Michael – daran erinnerte sich Agnes genau – lachte und sagte, was für ein Glück er habe, dass Agnes nie mit ihm zur Toilette wolle. Das fehle gerade noch, hatte Juliane daraufhin heftig gezischt, und Agnes war in ihr Zimmer gegangen.

Sie wusste seit Langem, dass es Juliane nicht gefiel, wenn Agnes mit Michael schmuste. Sogar im Schwimmbad regte sie sich auf, wenn Agnes durch Michaels gegrätschte Beine durchtauchte, oder wenn sie auf Michaels

Rücken lag und mit ihm schwamm. Oft hatte Agnes beim Streit zwischen Michael und Juliane, der meist aus dem Schlafzimmer drang, ihren Namen gehört. Juliane war dann so laut und schrill geworden wie sonst nie. Und Agnes spürte genau, dass Michael eine Zeit lang weniger zärtlich mit ihr umging.

Agnes hatte Schuld. Sie wusste es, aber sie spürte trotzdem Sehnsucht nach Michaels Nähe. Sie wusste, es war unrecht. Auch wenn es niemand zu ihr sagte.

Unrecht war es auch, Simons Vater zu küssen. Oder es zuzulassen. Agnes hatte ihre Lektion über das sechste Gebot gelernt:

Stehe ich den Menschen des anderen Geschlechts unbefangen und beherrscht gegenüber?

Nein!

Bemühe ich mich um Lauterkeit meiner Gedanken, Vorstellungen und Wünsche?

Nein!

Habe ich die Selbstbefriedigung gesucht?

Ja!

Habe ich ein unerlaubtes Verhältnis unterhalten?

Ja!

Agnes fühlte sich schuldig. Doch sie wollte rein sein wie Agnes, das Lamm. Ihre Namenspatronin, die heilige Agnes, wurde immer mit einem weißen Lamm abgebildet.

»Du heilige Agnes«, Lula sagte es manchmal spottend. Sie glaubte weder an Heilige, noch glaubte sie an Gott oder Jesus Christus. Sie besuchte den Ethik-Unterricht, wenn Agnes Religion hatte. Trotzdem redeten sie oft über Gott miteinander, Agnes und Lula.

»Glaubst du an Gott?«, hatte Lula schon öfter gefragt.

Agnes wusste nicht, ob sie an Gott glaubte. Nicht genau. Sie spürte ihn manchmal. Nah. Und Jesus Christus sowieso. An ihn brauchte man nicht zu glauben, er war Geschichte. Nur dass er der Sohn Gottes war, das musste man sich vorstellen können. Agnes konnte das. Im Grunde war es ihr nicht wichtig. Auch nicht, ob es die heilige Agnes wirklich gegeben hatte. Für Agnes gab es sie. Basta. Sie fühlte sich angezogen von der Vorstellung, wie stark und rein die römische Agnes gewesen war.

Besonders, seit Agnes Lorenz Wolff kannte, fragte sie sich oft, wie die römische Agnes sich verhalten hätte, wenn der Konsul –

Jeden Tag rief Simons Vater an. Andreas, der manchmal den Hörer abnahm, fragte schon dauernd, wer denn der Typ sei. Agnes sagte nichts. Andreas erinnerte sie daran, dass sie nichts tun dürfe, was hinter Julianes und seinem Rücken geschähe.

»Ich habe die Verantwortung für dich«, sagte Andreas dann gern.

Ach ja, Herr Wichtig. Der musste gerade reden. Konnte Agnes die Verantwortung für ihn übernehmen?

In einem konnte Andreas beruhigt sein. Agnes hatte nicht vor, sich allzu weit von ihrem römischen Vorbild zu entfernen. Den Wölffen näherzukommen als nötig.

Simon wollte das ja ohnehin nicht. Warum er nur gegenüber Agnes so scheu war? Wenn er wüsste, wohin Agnes' Gedanken wieder abgeschweift waren. Glücklicherweise war Simon auch ziemlich mit sich selber beschäftigt.

Er hockte vor Agnes, die in einem Sessel saß. Sie hatte die Beine angezogen und Simon lehnte seinen Kopf an ihre Knie.

»Stell dir vor, wir haben heute in Religion über die Agnes-Legende gesprochen. Kennst du die Geschichte der heiligen Agnes eigentlich?«

»Natürlich«, lachte Agnes, »ich heiße doch so, und schließlich bist nicht nur du katholisch.«

Es gab ja doch so was wie eine Gedankenübertragung! Agnes war verblüfft.

»Ist ja ein Wahnsinn, was mit ihr passiert ist«, sagte Simon nachdenklich. »Diese Agnes muss stur ihren eigenen Weg gegangen sein. Sie hat die Werbung des reichsten und mächtigsten Mannes von Rom abgelehnt. Er wollte Agnes als Braut für seinen Sohn, der sich heftig in sie verliebt hatte. Agnes sagte, sie habe schon einen Bräutigam. Damit meinte sie aber Jesus Christus. Nur durfte sie das nicht sagen, denn die Christen wurden den Löwen zum Fraß vorgeworfen oder sonst wie umgebracht. Ganz schön mutig muss diese Agnes gewesen sein. Dabei war sie fünfzehn. Und unglaublich hübsch, so wie du.«

Simon sah zu Agnes hoch, und seine grünen Augen funkelten sie an. Agnes wusste nicht, ob das jetzt eine Schmeichelei von Simon war oder was. Jedenfalls war sie verlegen und wusste nicht recht, wohin sie schauen sollte. Sie und schön.

Die römische Agnes soll herrliches Haar gehabt haben, hüftlang und üppig. Als der römische Konsul sie nach ihrer Weigerung nackt ausziehen und in ein Bordell werfen ließ, fielen die Haare dicht wie ein Mantel um ihren Körper, und die Männer wagten nicht, Agnes anzurühren. Da wäre ich mit meinen dünnen Strähnen aufgeschmissen gewesen, dachte Agnes.

»Der Sohn des Konsuls, das muss ja ein verwöhnter

Arsch gewesen sein«, rief Simon. »Nur weil Agnes sich nicht von ihm abschleppen lässt, hängt der jammernd rum und kriegt die Krise. So eine Memme. Und der Vater hat das größte Rad ab! Anstatt seinem Sohn die Leviten zu lesen, hackt der auf Agnes rum. Lässt sie schließlich sogar umbringen. Der hat nichts gespannt, der Typ. Für einen Konsul war der ganz schön beschränkt.«

Agnes nickte zustimmend.

»Er hat halt nicht kapiert, dass Agnes Christin war. Agnes hat ja immer nur gesagt, dass sie einen Bräutigam habe und daher den Sohn des Konsuls nicht erhören könne. Ich finde, Agnes war richtig taktvoll. Sie hätte ja auch sagen können, nein danke, Herr Konsul, Ihr Sohn gefällt mir nicht. Basta!«

»Ja, eben«, ereiferte sich Simon, »sie hatte ja ein gewisses Ansehen und kam aus einer reichen römischen Familie. Doch auch die konnte nicht verhindern, dass der Konsul Agnes umbringen ließ. Kopf ab – das muss man sich vorstellen! In Rom gibt es eine Kirche, die an der Stelle erbaut wurde, wo Agnes sterben musste.«

Simon wurde wieder nachdenklich. Plötzlich sagte er, als sei er selber von dem Gedanken überrascht, dass er sich seinen eigenen Vater in dieser Rolle gar nicht vorstellen könne.

Simon sah Agnes an: »Wenn du mich jetzt sitzen lassen würdest, mein Alter hätte die größte Freude. Du, Agnes, ich bin ganz sicher – der ist scharf auf dich. Dauernd redet der von dir, will mich ausquetschen, denkt, ich käme ihm nicht drauf. Jeden Tag fragt er, was du heute anhattest, und so. Dabei bist du ja nun wirklich kein Trendsetter. Nein, der macht künstlich auf Geschäftsinteresse! Damit will er mir Sand in die Augen streuen.«

Lula hatte sich zu Agnes auf den Sessel gesetzt. Sie hatte das meiste mitgehört, was Simon erzählte.

»Sind eigentlich beides Scheiß-Väter, oder? Der römische Konsul, der die Ehre seines Sohnes sowie seine Familienehre gekränkt sieht durch Agnes – das ist ein leidenschaftlicher Vater, aber auch ein Mörder.«

»Leidenschaftlicher Vater!«, unterbrach Simon sie. »Gleich weine ich vor Rührung! Der hat sich bloß selber geliebt. Die Zurückweisung seines Sohnes war seine eigene. Deshalb musste Agnes sterben, nur deshalb.«

»Sei doch froh, dass dein Alter nicht aus diesem Stoff ist. Stell dir vor, er würde Agnes alle machen, wenn sie dich eines Tages sitzen lässt.«

»Nee, sag ich ja! Mein Alter ist genau das Gegenteil vom Konsul. Aber er hat dieselben Motive. Absolute Selbstsucht. Ungehemmter Größenwahn. Er glaubt, weil er Millionen umsetzt, könne er alles kaufen. Mich hasst er, weil er trotz seines Geldes einen Sohn hat, der sich aus dem Geschäft nichts macht. Meine Mutter hasst er, weil sie ihn grenzenlos langweilt. Noch hält er es bei ihr aus. Aber ich schwöre euch – wenn Agnes noch ein oder zwei Jahre älter ist, dann hat sie ihn an den Hacken. Er steht schon in den Startlöchern, ich kenne ihn. Diesen Jagdblick, den kriegt er immer, wenn er etwas unter allen Umständen haben muss.«

Agnes saß wie auf Millionen Nadeln. Hörten die beiden denn nie auf? Was wusste Simon über Agnes und seinen Vater? Es war Agnes, als glühten ihre beiden Ohren, in ihrem Kopf dröhnte es. Dieser Kuss im Auto von Simons Vater, wie oft musste sie den denn noch bereuen?

9

Dass Agnes ausgerechnet mit Danda in der Kirche saß, wunderte sie immer noch.

»Ein Onkel von mir wird Dekanatsjugendpfarrer in der Christuskirche. Heute wird er eingeführt. Ich kann den gut leiden, für ihn geh ich auch in die Kirche. Aber tu mir den Gefallen, komm mit. Ich bin nämlich wieder abgehauen daheim, ich habe denen gesagt, ich wohne bei dir, solange deine Mutter in der Klinik ist. Das glauben sie mir, und deshalb musst du mitkommen.«

»Du verlangst von mir, dass ich deine Familie belüge? Warum sollte ich das tun?«

»Weil du mich magst, zum Beispiel. Oder weil du hilfsbereit bist.«

Danda konnte einen schon weich kochen. Agnes wusste nicht, ob sie wütend sein sollte, oder was. Eigentlich konnte es ihr egal sein. Danda war achtzehn, sie war niemandem mehr Rechenschaft schuldig, es war reine Rücksichtnahme, dass sie ihren Eltern das mit der Wohnung bei Agnes erzählte.

»Aber wenn die bei mir anrufen, wenn sie nach dir fragen, dann belüge ich sie nicht! Und überhaupt – was ist, wenn sie heute in die Kirche kommen?«

Agnes sah Danda an, um die Wirkung ihrer Worte zu sehen. Doch Danda blätterte ungerührt im Gesangbuch. Deutete auf Verse, die ihr gefielen. »Da, lies mal!« Und Danda murmelte leise einen Text von Rose Ausländer:

Der Engel in dir
freut sich über dein Licht
weint über deine Finsternis.
Aus seinen Flügeln rauschen
Liebesworte
Gedichte
Liebkosungen.
Er bewacht deinen Weg
Lenk deinen Schritt
engelwärts.

»Na, ist das was? Ich hab' s doch schon immer gesagt. Wir haben einen Engel in uns. Gehst du mit engelwärts?«

Agnes wünschte eher, Danda würde nicht so ungeniert reden. Doch später sollte sie oft daran denken, dass Danda engelwärts gehen wollte.

Da setzte eine Band ein, die aus lauter Jugendlichen bestand. Sie spielten auf Instrumenten, die Agnes teilweise nicht kannte. Und den Text schon gar nicht: *Siph' amandla Nkosi, Wokungesabi, Siph' amandla Nkosi, Siyawandinga.*

Ein Text aus Südafrika, las Agnes in einem Beiblatt, die Melodie und die Instrumente stammten ebenfalls von dort. Agnes gefiel der schnelle Rhythmus, der Text, in dem Sanftmut für die Männer erbeten wurde und Großmut für die Frauen, und Agnes dachte daran, dass Juliane von beidem etwas gebrauchen könne. Doch sie schalt sich sofort für diese Gedanken, sie wollte sich auf die fröhliche Melodie konzentrieren, vor allem gefiel ihr, dass die Musiker tanzten und lachten. So etwas war in der Liturgie der katholischen Kirche eher nicht vorgesehen.

Agnes liebte das Zeremoniell ihrer Kirche. Sie liebte Glanz und Duft und sakralen Pomp, auch wenn es sachlich gesehen vielleicht überflüssig war. Sie fand auch den Ernst der jungen Priester unnötig.

Dieser hier, Dandas Onkel, schien dagegen ziemlich munter. Auch wenn er seine düstere schwarze Kutte trug, sah er doch pausbackig und fröhlich aus. Und seine Rede war lustig. Agnes behielt nicht viel davon im Gedächtnis, nur den Eindruck, als hätte der junge Pfarrer eigentlich gar nicht predigen wollen. Man hatte ihm eine Pfarrer-Puppe geschenkt, so richtig mit Kutte und weißem Bäffchen. Die hielt der Onkel hoch und sagte, das sei sozusagen seine Schultüte.

Nachher gab es noch einen Empfang im Pfarrsaal. Dandas Eltern waren auch gekommen. Agnes begrüßte Dandas Mutter, die ihr fest die Hand drückte. Dandas Vater sah verschlossen aus. Die Schwester war dabei, ein sportlich wirkendes Mädchen, das stark der Mutter ähnelte. Den Bruder dagegen hätte Agnes überall erkannt. Er sah aus wie Danda, nur hatte er dichtes, aschblondes Haar. Danda dagegen trug derzeit Rot. Agnes sah, wie Dandas Geschwister bei ihr standen und auf sie einredeten.

Dandas Mutter flüsterte Agnes zu, sie sei so froh, dass Danda sich an Agnes angeschlossen hätte. »Lassen Sie sie nicht allein«, sagte Dandas Mutter.

Agnes sah sich hilflos nach Danda um. Sie hatte ihre Geschwister stehen lassen und begrüßte gerade ihren Onkel. Da sah Agnes plötzlich, dass der junge neue Pfarrer zweierlei Schuhe anhatte. Einen Slipper in Schwarz mit Flechtmuster, am anderen Fuß einen mit buntem Leder verziert. Offenbar hatte Dandas Onkel den Irrtum zu spät bemerkt. Jedenfalls hielt er jetzt, bei seiner Dankesansprache, immer einen Fuß hinter dem anderen versteckt.

Agnes machte Danda auf die zweierlei Schuhe aufmerksam, und Danda sagte, das würde sie sich für ihr morgiges Outfit merken.

Sie setzten sich in eine Ecke des Pfarrsaals und sahen zu, wie dem neuen Pfarrer Geschenke überreicht wurden. Ein hölzernes Segelboot, an dessen Takelage alle Gäste Glückwunschkarten anheften konnten. Ein riesiger Gymnastikball mit zwei Hörnern, auf dem der Pfarrer offenbar sitzen oder vielleicht Ausgleichsgymnastik machen sollte. Das war Agnes nicht klar.

Agnes erzählte Danda, was ihre Mutter gesagt hatte. Danda antwortete ruhig, dass ihre Mutter immer jemanden suche, der Danda retten könne. »Dabei weiß sie, dass es zwecklos ist«, sagte Danda. Sie drehte sich gelassen einen Joint, Agnes traute ihren Augen nicht. Danda bemerkte ihren Blick: »Soll ich für dich auch was reinpacken?«

»Nee«, sagte Agnes, »danke, das ist nichts für mich. Und du solltest die Finger auch davon lassen. In der Klasse reden sie darüber. Hoffentlich petzt es keiner dem Direktor.«

Danda zog seelenruhig an ihrer getunten Zigarette. Agnes fand, dass sie in diesem Moment überlegen und erwachsen aussah. Trotzdem hatte Agnes nicht eine Sekunde Lust, auch einen Joint zu rauchen. Im Gegenteil. Sie sah sich vorsichtig um. Bemerkte niemand den leicht süßlichen Geruch?

»Mensch, Danda! Wenn die das hier merken! Deine Eltern stehen da drüben. Und dein Onkel kriegt bestimmt Scherereien!«

»Ach was!« Danda lehnte sich entspannt zurück. »Wer zweierlei Schuhe anhat bei seiner Amtseinführung, der macht sich wegen eines Joints nicht in die Hosen. Solltest du auch nicht!«

Wirkliche Angst hatte Agnes auch nicht. Neulich, auf einem Fest bei Paulina, hatte ein Mädchen Kekse mitgebracht. Paulina warnte Agnes: »Da ist was drin.«

Die meisten probierten auch davon, Lula, Patti, Frizzie, auch ein paar von den Jungen. »Mir ist bloß ein bisschen abartig zumute«, hatte Lula verkündet. Richtig schlecht war es ihr nicht gegangen. Trotzdem hatte sich Agnes nicht für die Wirkung der Kekse interessiert. Ihr war einfach nicht daran gelegen, sich von ein paar Krümeln Haschisch oder Marihuana auf irgendeinen bescheuerten Trip bringen zu lassen. Mit dem Alkohol ging es ihr genauso.

Mit Juliane und Andreas war sie einmal in einer Kneipe an der Maximilianstraße gewesen. Sie bekam wie Juliane einen Tom Collins, das war so ein Longdrink aus Gin mit Zitrone und Soda. Er hatte fruchtig geschmeckt. Grad das Richtige gegen den Durst. Dann war die blödsinnige Bar plötzlich mit ihr auf und ab geschwebt. Agnes sah die Ultracoolen um sich, sah Juliane und Andreas, auch ultracool, und alle drehten sich um sich selbst, immer schneller, und Agnes bat Gott, er solle sie niemals so aussehen lassen wie diese Leute hier. »Dann nimm mich lieber vorher zu dir«, hatte Agnes gebetet.

Trotzdem hatte sie mitgekriegt, dass Andreas sagte, der Barkeeper würde Agnes anstarren wie ein Geistesgestörter. Das interessierte Agnes, sodass sie sich nach dem Mann umsah. Er hatte ein braun gebranntes Pferdegesicht und langes, ziemlich fettiges Haar, das im Nacken gelockt war. Das Haar war dunkel mit grauen Strähnen, und der Typ war mindestens hundert.

Seinen Gästen schien er wichtig, jedenfalls freuten sie sich wie Idioten, wenn er sie duzte.

Manche riefen ihn beim Vornamen, und dann sahen sie um sich in einer Art Stolz, der Agnes ein Rätsel war. Was, um Himmels willen, fanden die an dem Typen?

Dann hatte er Agnes angesehen, als könne er ihr die Welt erklären. Er hatte gelächelt und Agnes hätte gewettet, dass er dieses Lächeln irgendeinem Schauspieler geklaut hatte, der mindestens so beschränkt war wie er. Agnes hatte seine starken weißen Zähne gesehen, und sie war sicher, dass der Barkeeper nichts als ein eitler Idiot war. Daheim im Reihenhaus hatte er bestimmt eine Frau, die ihm seine lange weiße Schürze wusch. Agnes hatte ihm die Zunge herausgestreckt, und Juliane hatte gesagt, mit Agnes blamiere man sich, wo immer man mit ihr hingehe.

Die römische Agnes hätte den auch in die Wüste geschickt, hatte Agnes gedacht. Und sie hatte gespürt, dass sie sanft betrunken war.

»Hey, Agnes, wo bist du schon wieder mit deinen Gedanken? Ich beneide dich, dass du dich so einfach wegbeamen kannst. Ohne jeden Stoff. Aber jetzt ist Schluss. Komm, wir hauen hier ab!«

Danda hatte Lust, mit zu Agnes nach Hause zu gehen. Agnes überlegte kurz, wie es daheim aussah, aber dann dachte sie, dass das Danda wahrscheinlich völlig egal sei.

Also gingen sie von der Christuskirche in die Waisenhausstraße. Es hatte während des ganzen Tages geregnet, und Danda überraschte Agnes mit einer Art Duschvorhang, den sie malerisch um sich schlang. Entsprechend verdutzt schauten auch die Leute. Doch Agnes war stolz darauf, dass sie neben Danda gehen konnte. Sie sah aus wie die Heldin einer Wagner-Oper. Mindestens.

Für Andreas hatte Danda ihren abwesend-freundlichen Blick, den Agnes schon kannte.

Umso interessierter schaute allerdings Andreas. Anstatt sich hinter seinem Computer zu verstecken, umtänzelte er Danda, und sie bot ihm schließlich, entweder um ihn loszuwerden oder um ihn zu provozieren, etwas zu rauchen an.

»Haben Sie Lust auf einen gepflegten Joint?« Danda fragte es unschuldig und wie nebenbei.

Agnes sah, wie Andreas erstarrte. Schadenfroh stöberte Agnes unter den Beatles-Platten, die sie von Michael geerbt hatte, nach einem ihrer Lieblinge. Sie waren eigentlich alle ihre Favoriten, aber für diesen Tag wollte Agnes ›Lucy in the Sky with Diamonds‹, das war der richtige Song für Danda. Wetten?

Picture yourself in a boat on a river,
with tangerine trees and marmalade skies
Somebody calls you, you answer quite slowly,
a girl with kaleidoscope eyes …

Danda sang sofort mit, sie schloss die Augen und wiegte sich in dramatischen Verrenkungen. Jetzt begriff Andreas endlich, dass er überflüssig war. Er zog sich mit genervtem Augenrollen hinter seinen Schreibtisch zurück, und Agnes wusste, dass er ihr, wenn Danda gegangen war, sofort den weiteren Umgang mit ihr verbieten würde.

Das störte Agnes kein bisschen. Im Gegenteil. Sie fasste Danda um die Taille, und beide sangen und tanzten mit.

»Agnes, ich glaub, mit dir könnte ich leben!«

Effektvoll prustend ließ sich Danda auf die Couch fallen.

Agnes war überrascht. »Mit mir? Du würdest dich zu Tode langweilen!«

»Eben nicht. Du könntest mich vielleicht sogar fest halten.«

Für einen Moment schwiegen beide, und Agnes überlegte sich, wie Danda das wohl gemeint haben könnte mit dem Festhalten. Da sprang Danda schon wieder auf.

»Können wir uns eine rote Limonade machen? Hast du zufällig Campari?«

Agnes sah nach. Die Vorräte waren nicht üppig. Doch tatsächlich: Sie hatten Campari im Haus.

Danda mischte jetzt einen Fingerbreit Campari mit Zitrone, Eis und Mineralwasser. Es schmeckte wirklich gut, fand Agnes. Dieser roten Limonade merkte man kaum an, dass Alkohol drin war.

Juliane hatte Agnes einmal erzählt, dass sie im Bayerischen Hof so fruchtige Cocktails bekommen habe, die geschmeckt hätten wie besonders gute Limo. Mandelmilch sei drinnen gewesen, weißer Rum und Maracuja- und Mangosaft. In den Drinks seien noch reichlich Früchte gewesen, und so hätte sie nicht sonderlich aufgepasst, wie viel sie davon getrunken habe.

Bis sie dann zur Toilette gemusst und sich im Spiegel

doppelt gesehen hatte. Da wusste sie, dass es jetzt höchste Zeit war, aufzuhören.

»Drei Tage lang hatte ich einen Kater«, hatte Juliane Agnes gewarnt, »pass nur auf, wenn du so was mal zu trinken kriegst. Das sind Wölfe im Schafspelz.«

»Hey, Agnes! Glaubst du eigentlich an Gott?« Danda sah Agnes forschend an.

Kürzlich hatte Lula das auch gefragt. Was war denn nur los? Agnes sah verblüfft auf Danda, die konzentriert ihre Zitronenscheibe auslutschte und Agnes aus ihren dunkel umschminkten Augen ansah.

Agnes wusste nicht, was sie antworten sollte, und so sagte sie das, was sie in solchen Fällen immer sagte: »Also, ich weiß nicht. Und du?«

Agnes hoffte, Danda ließe sich mit dieser Gegenfrage ablenken, und sie hatte Glück. Danda sagte, dass sie eigentlich an nichts glaube.

»Am ehesten glaub ich an Greenpeace und Amnesty International. Aber dass da oben so welche über uns schweben und dann am Jüngsten Tag mit uns abrechnen, das gefällt mir nicht, und deshalb glaube ich es auch nicht. Und wenn es doch wahr ist, dann hab ich ja immer noch meinen Onkel, der glaubt hoffentlich für mich mit.«

Agnes wusste nicht, warum sie sich scheute, über Gott zu reden. Obwohl Gott ihr nahe war, konnte sie ihn doch nicht begreifen, ihn niemandem erklären. Agnes wollte es auch nicht. Wer war sie denn schon?

10

Agnes ging mit Danda zum Bus. Danda wollte nach Schwabing, zu Patti. Patti hatte ihr angeboten, bei ihr zu wohnen. Danda wollte unbedingt, dass Agnes mitkam, sie sollte sich Dandas neue Behausung ansehen.

»Du wärst mir ja lieber gewesen«, sagte Danda. »Der Alte von Patti soll ein ziemlicher Arsch sein. Aber einem geschenkten Gaul …«

»Dafür ist ihr Opa aber lieb«, meinte Agnes. Sie glaubte zwar auch nicht unbedingt daran, dass es gut gehen würde mit Danda und Pattis Vater. Aber immerhin hatte er eingewilligt, dass Danda bei der Familie Hornig einziehen konnte. Ein Wunder. Wie Patti das nur wieder geschafft hatte.

Sie fuhren mit dem Bus in die Hohenzollernstraße. Der Regen hatte aufgehört und die Straßen schienen in der Dunkelheit leicht zu dampfen. Am Rotkreuzplatz waren noch nicht viele Leute im Bus. Einige starrten Danda an. Sie trug ihren Duschvorhang über dem Arm. In dem langen gelben Seidenkleid, über dem sie einen engen silbernen Strickmantel trug, wirkte Danda im trüben Licht des Abends sehr fremd. Einige Männer schauten auf die weißen Lackstiefel mit den hohen Plateausohlen, und Agnes glaubte, Hass in ihren Augen zu sehen.

Agnes stellte sich näher zu Danda. Sollte nur einer sie blöd anreden! Aber niemand sagte etwas. Auch Danda schien jetzt müde, und Agnes empfand zum ersten Mal Mitleid mit Danda. Warum hatte sie Andreas nicht gefragt, ob Danda bleiben könne? Jetzt erschien es Agnes gar nicht mehr so unmöglich. Juliane konnte in solchen Situationen oft überraschend hilfsbereit sein.

»Wenn es nicht geht bei Patti, rede ich mit Juliane und Andreas«, sagte Agnes zu Danda.

»Ist schon okay.«

Agnes konnte nicht erkennen, ob Danda traurig war oder einfach nur müde. Lula hatte Ja gesagt, kiffen mache müde und antriebslos. Vielleicht hatte Danda schon einige Joints geraucht, ehe sie sich mit Agnes in der Kirche getroffen hatte.

Agnes hatte plötzlich derart Angst um Danda, dass sie einen Kloß im Hals spürte. Was war denn auf einmal los? Schließlich konnte Danda bei Patti wohnen, und Patti war in Ordnung. Sie hatte daheim viel mehr zu sagen als Agnes bei Andreas und Juliane. Pattis Mutter war ständig auf Reisen.

»Sie sagt, sie hätte sich jetzt lang genug mit mir und dem Opa rumgeschlagen. Und meinen Papa raucht sie sowieso in der Pfeife«, hatte Patti erklärt. Die Großeltern, die ja mit in der Wohnung lebten, hatten sich um Patti und den Haushalt gekümmert. Seit zwei Jahren war die Großmutter tot, und jetzt führte Patti das Regiment, wenn ihre Mutter verreist war. In der Schule war Patti ja das Schlusslicht, doch daheim setzte sie sich meistens durch.

Sie waren inzwischen an dem dunkelroten Tor angekommen, und Agnes klingelte. Durch eine Remise gingen sie ins Treppenhaus und keuchten dann hoch bis in den vierten Stock.

»Hier riecht es nach Metzgerei und Bohnerwachs«, stellte Danda fest.

»Ist ja auch eine Metzgerei im Erdgeschoss«, sagte Agnes, »die haben tolle Leberkässemmeln.«

Auf der Treppe waren noch alte Schilder, auf denen stand »frisch gewachst«, und Danda wies darauf hin. »Na bitte«, sagte sie, dann sahen sie schon Patti oben an dem schmiedeeisernen Geländer.

»Ja, wo bleibt ihr denn, ich hab Suppe mit Knödel gemacht. Mein Opa verhungert, wenn ihr nicht schnell reinkommt.«

Das Holzbein stand in der Diele, und Pattis Großvater saß am Tisch. Er hob seinen Löffel zum Gruß und wollte von Danda wissen, ob sie Schach spielen könne.

»Kann ich«, sagte Danda, »und ich spiel mit Ihnen, aber ich höre auch ›Die Toten Hosen‹ und ›Beastie Boys‹ und so was.«

»Ich hör die nicht«, sagte Herr Hornig zufrieden. »Ich hör nicht mal, wenn neben mir eine Bombe krepiert. Das hab ich ein Mal im Leben gehört, und das war's dann.«

»Opa, jetzt erzähl aber nicht vom Krieg«, bat Patti rasch. Sie teilte für alle Suppe aus, und in jedem Teller lagen ein Leberknödel und einer aus Semmelteig.

Agnes fühlte plötzlich etwas Weiches, Warmes an ihrem Bein. Es war Minka, Pattis Katze, und Patti wunderte sich, dass Minka überhaupt hereinkam. »Sie hat nämlich Junge«, sagte Patti, »die zeig ich euch nachher.«

»Die Knödel sind echt bayerisch, die hole ich vom Metzger unten«, teilte Herr Hornig gerade Danda mit. »Wenn man alt ist und ein Holzbein hat, sollte man wenigstens über einer anständigen Metzgerei wohnen. Dann braucht man kein Essen auf Rädern. Ha – da fällt mir ein guter Witz ein, kennen Sie den? Reisen Behinderte nach Südamerika und treffen auf einen Kannibalenstamm. Sagt der Häuptling zu den anderen: Jungs, ist ja wunderbar, jetzt kriegen wir auch Essen auf Rädern. Na?«

Herr Hornig sah erwartungsvoll in die Runde. Danda blieb vor Lachen ein Stück Leberkloß im Hals stecken, sie lachte und hustete, dass ihr die Tränen kamen. Agnes wusste zuerst nicht recht, ob sie den Witz komisch finden sollte, fand ihn aber dann umso besser und lachte mit Danda.

»Opa, du bist richtig roh!«, tadelte Patti, und sie meinte es ziemlich ernst.

Daraufhin sagte Danda prustend, wenn man über Behinderte keine Witze machen dürfe, würde man sie ausgrenzen.

»Du redest ja wie Andreas«, sagte Agnes zu Danda, doch sie fand Dandas Ansicht in Ordnung. Zumal der Opa ja auch schwerbehindert war. Der durfte sich ruhig selber veräppeln.

»Soll ich noch einen? Über Ärzte?«

»Erzähl ihn uns morgen, Opa, jetzt will ich mit Danda und Agnes ins ›backstage‹. Nur 'ne Stunde. Solange Papa noch beim Skat ist. Okay?«

»Habt ihr denn Geld?«

Herr Hornig wusste offenbar, dass sie keines hatten, und er gab Patti zwei Zwanzigmarkscheine.

»Ich hab zwar kein Geld«, sagte Herr Hornig zu Agnes und Danda, »aber das hab ich jeden Monat. Bin Beamter. Bundesbahn. Mein Sohn auch. In dieser Wohnung lebe ich seit über fünfzig Jahren. Zuerst mit meiner Frau und meinem Sohn. Dann zog seine Frau mit ein, und dann kam Patti. Wir haben immer zusammengehalten. Auch wenn es eng war. Nach mir kriegt mein Sohn die Wohnung. Nach ihm die Patti. Wenn sie klug ist, kann sie mit ihrem Geld auskommen. Bei der geringen Miete. Sogar, wenn sie studiert. Dafür hab ich was zurückgelegt. Von uns war noch keiner auf dem Gymnasium. Und ohne Agnes wär die Patti auch nicht drauf. Ich weiß, dass ihr Patti in allem unterstützt. Das rechne ich euch hoch an. Deshalb kann Danda auch bei uns wohnen, solange sie will.«

Agnes mochte Herrn Hornig. Er schien ihr zuverlässig. Klug. Er wusste Dinge, die man in keinem Gymnasium lernt. Zum Beispiel, dass die Familie zusammenhalten muss. Auch wenn es mal eng wird.

Vielleicht wäre Michael nicht gestorben, wenn sie alle zusammengeblieben wären. Agnes hatte schließlich genug über das Zusammenwirken von Psyche und Körper gelernt, um zu wissen, dass Michaels Krankheit wahrscheinlich durch die Scheidung ausgelöst worden war. Agnes konnte das natürlich nicht beweisen, aber sie glaubte es.

Eines Tages hatte sie Joe gefragt, den Arzt, mit dem Michael befreundet war und der ihn behandelt hatte, bis er in die Klinik musste. Joe hatte Agnes erklärt, dass kein vernünftiger Arzt heute einen Patienten behandle, ohne ihn über sein seelisches Befinden zu befragen. »Aber wir kommen da rasch an unsere Grenzen«, hatte Joe gesagt.

»Aber doch nicht bei Michael«, hatte Agnes eingewandt, »sie kannten sich schließlich seit der Studienzeit.«

»Natürlich kannte ich Michael sehr gut, soweit man einen Menschen überhaupt gut kennen kann. Ich habe auch da so meine Vermutungen, Michael und ich haben schließlich viel über seinen Zustand geredet. Aber ich bin verpflichtet, darüber zu schweigen. Das weißt du ja. Lass diese Dinge nicht zu nah an dich rankommen, Agnes. Deine Eltern haben ihr Leben gehabt, du lebst jetzt deines. Du bist Michael sehr ähnlich. Äußerlich und auch sonst. Sei vorsichtig mit dir.«

»Seid aber vorsichtig, wenn ihr mit den Rädern fahrt. Lieber leg ich noch zehn Mark drauf für den Bus!«, warnte Herr Hornig, und Agnes sah ihn verwundert an. Konnte der Gedanken lesen? Joe hatte zwar die Vorsicht vor dem Leben gemeint, im Prinzip war es aber auch eine Warnung gewesen.

Im Hof standen Pattis Fahrrad und das von ihrem Vater, ein solides Herrenrad mit dicken Reifen. Agnes sollte damit fahren, und Danda setzte sich mit gerafften Röcken hinten auf den Gepäckträger. Zuerst fuhren sie wacklig wie ein Lämmerschwanz, zumal Agnes, hinter Patti herfahrend, immer deren dicken Po vor sich sah; denn Patti trug eigens fürs »backstage« enge Leggins und Pumps, und irgendwas an diesem Bild brachte Agnes dauernd zum Lachen. Hinter ihr sang Danda »Ja, mir san mit'm Radl da, ja, mir san mit'm Radl da ...«

Eine Streife fuhr plötzlich neben Agnes. Der Beamte rief aus dem Autofenster, sie solle doch mal anhalten. Agnes schrie nach Patti, und Danda stieg ab vom Gepäckträger, rieb sich den Po. »Sie, mir tut alles weh!«, teilte sie unschuldig dem Beamten mit.

Der sah Danda von oben bis unten an. »Wie sehen Sie denn überhaupt aus? Und wieso fahren Sie so verkehrswidrig?«

»Wir radeln in die Oper, weil wir kein Geld mehr für

den Bus haben. Die Karten kosten ja ein Vermögen! Meinen Sie, ich sitz zum Spaß da hinten drauf? Oh, Mann, brummt mir der Hintern!«

Auch dem anderen Beamten warf Danda einen Blick zu, so, als könne er was dafür. Der Mann sah die Mädchen prüfend an, und Agnes bemühte sich, ebenso unschuldig auszusehen wie Danda und Patti, die jetzt darüber lamentierten, dass sie noch zu spät in die Oper kämen. Dabei habe sie morgens um vier Uhr schon um die Karten angestanden.

Der Beamte war es leid. »Kommen Sie, wir setzen Sie an der Oper ab«, sagte er zu Danda, und nach kurzem Zögern und mit einem letzten ratlosen Blick auf Agnes und Patti stieg sie in das Polizeiauto.

»Bei Ihrem Rad stimmt was mit dem Licht nicht, bringen Sie das gefälligst in Ordnung«, sagte der andere Beamte zu Agnes, und dann fuhren sie ab.

»Jetzt ist Danda an der Oper«, brachte Patti stöhnend heraus. Doch Agnes fand das gar nicht so schlimm. Sie musste die schwere Danda samt ihren Röcken nicht länger kutschieren. Und Danda war schlau genug, um auf irgendeine Weise ins »backstage« zu kommen.

»Das kriegt Danda schon hin, los, fahren wir.«

In der Helmholtzstraße kam ihnen Danda schon entgegen. Sie hatte einen Autofahrer angehalten.

»Dass mich mal die Polizei an der Oper vorfährt, hätt ich mir auch nie träumen lassen. Die Leute haben vielleicht geglotzt. Ich bin dann auch brav die Treppen raufgelatscht, hab gewartet, bis die abgehauen sind, und dann bin ich wieder runter.«

Nun konnten sie gemütlich zum »backstage« trudeln. Der idiotische Türsteher ließ sie jedoch nicht rein.

»Ihr seid doch keine achtzehn. Noch längst nicht.«

»Sind wir doch. Hier, bitte schön, oder soll ich dir eine Brille leihen?«

»Du kannst ja auch rein, aber die beiden anderen nicht. Aus. Ende. Macht mal Platz hier!«

Danda wandte sich zu Agnes und Patti, sagte, dass sie gleich zurückkomme. Und dann würde man ja mal sehen.

An Patti wackelte alles vor Wut.

»Mann, grad heut wär es so klasse gewesen. Dandas erster Tag bei uns, und überhaupt. Dieser miese Typ da, der sieht doch aus wie Rennschwein Rudi Rüssel. Wetten, dass der nicht bis drei zählen kann? Wir sind fast siebzehn. Demnächst können wir wählen. Andere in unserem Alter sind schon verheiratet, haben zwei Kinder ...«

»Jetzt reg dich aber wieder ab, Patti«, sagte Agnes, und da kam auch Danda schon zurück. Ein bärtiger Mann war bei ihr, und der sprach mit dem Türsteher. Dann wurden Agnes und Patti hineingewunken. Und Patti ging hoch erhobenen Hauptes, als bekäme sie den Oscar oder so was, an Rennschwein Rudi Rüssel vorbei.

11

Frau Dirks sprach in Kunstgeschichte über die Kunst in der Zeit des Nationalsozialismus. Patti dagegen wollte über ihre Katze sprechen. Über die Jungen, die sie nicht behalten konnte. Danda hatte Patti auf die Idee gebracht.

Patti meldete sich. »Sie, Frau Dirks, ich mag Sie ja nicht unterbrechen, aber es ist wirklich wichtig! Meine Katze, die Minka, die hat nämlich zwei Junge. Eines behalten wir, aber das andere ist übrig.«

»Ist ja alles gut und schön, Patricia, aber jetzt wollen wir doch weitermachen. Wir waren bei dem Begriff der entarteten Kunst. Was meinte Hitler eigentlich damit?«

Patti ergriff wieder das Wort. »Also, sans mir net bös, Frau Dirks, aber es eilt wirklich. Wenn ich niemanden für die Katze find, macht mein Opa sie hin, das hat er heut Morgen gesagt, gell, Danda?«

Danda nickte traurig, und Frizzie wollte wissen, wie das Katzenjunge denn aussähe.

»Süüüüß, des kann i dir sag'n, des sieht fei goldig aus, Agnes und Danda haben's schon gesehen. Ist sie nicht süß, sagt's doch selber. Grad rabenschwarz is, und grüne Augen hat's, grasgrün, so was Süßes von 'ner Katz habt ihr noch nie gesehen. Die Agnes hätt's ja sofort mitgenommen, wenn sie die Allergie auf Tierhaare nicht hätt, gell, Agnes?«

Agnes nickte, und es war nicht einmal gelogen. Das Katzenjunge war schon wirklich niedlich. Frizzie sagte ganz träumerisch, dass sie sich schon lange eine Katze wünsche, doch ihre Mutter …

Jetzt wurde Frau Dirks aber energisch. Katzenjunges hin oder her, jetzt müsse gearbeitet werden. Und Patti solle mal erzählen, welche Maler Hitler damals als entartet abgestempelt habe. Einen Namen müsse Patti mindestens nennen können, ohne lange nachzudenken.

Patti kam ganz schön ins Schwitzen, Agnes schrieb ihr Käthe Kollwitz auf einen Zettel, dazu noch Klee, Kandinsky, Picasso, Matisse.

»Na bitte«, sagte Frau Dirks, »du weißt doch eine Menge.«

In der Pause fuhr Patti mit dem Rad nach Hause. Pünktlich zur zweiten Stunde Kunsterziehung war sie zurück, eine Tasche mit dem Kätzchen auf dem Gepäckträger. Sie drückte der völlig überraschten Frizzie die Tasche in die Hand. »Hier, nimm's, sag deiner Mutter, du hast es im Papierkorb gefunden!«

Frau Dirks schloss sich schließlich dem allgemeinen Liebestaumel um die junge Katze an. Patti wusste, dass es ein Kater war. Frizzie entschloss sich, das Tierchen Picasso zu nennen, und Frau Dirks schlug vor, dass Picasso auf seinem Handtuch liegen bleiben und die Klasse ihn malen solle.

Dandas Bild wurde am besten, auch Agnes bekam ein Lob von Frau Dirks und von Patti. Sie beschloss, das Bild Simon zu schenken, wenn er sie heute von der Schule abholen würde.

Sie fuhren die Rolltreppe hinunter zur U-Bahn. Simon stand eine Stufe unter Agnes und sah sie lachend an.

»Jetzt siehst du auf mich runter. Wie gefällt dir das?«

»Ausgezeichnet«, sagte Agnes und legte den Arm um Simons Hals.

Simon gab ihr sofort einen Kuss, dann noch einen, und die Leute von der anderen Rolltreppe sahen herüber. Agnes fühlte sich plötzlich frei und erwachsen, wenn auch ein bisschen peinlich, doch sie küsste Simon auch, und vor allem seine Oberlippe fühlte sich zum Fressen gut an. Dann war die Rolltreppe zu Ende, und sie gingen wieder nebeneinander her wie sonst auch, manchmal verstohlen einander bei den Händen fassend.

Bei Simon war heute niemand zu Hause. Seine Eltern mussten gemeinsam zu einem Empfang.

»Industrie- und Handelskammer oder so was«, sagte Simon. Er wollte Agnes seine neuen Skulpturen zeigen, die er für das Kunstprojekt in der Schule gemacht hatte. Gestern hatte er sie endlich nach Hause transportiert.

Simon bewohnte das Dachgeschoss. Das Bad, sein Schlafzimmer und das Arbeitszimmer hatten schräge Wände, doch durch den weißen Anstrich wirkte alles hell und luftig. Die Dachfenster waren vergrößert worden, sodass reichlich helles Licht in die Räume fiel. Es gab keine Türen, außer zu Bad und Toilette natürlich, sonst standen nur die Stützpfosten im Raum.

Agnes liebte Simons Reich. Sie wusste auch diesmal nicht, wohin sie zuerst sehen sollte. Das große Bauernbett, der lange deftige Schreibtisch vor dem Fenster, die Staffelei – und die Skulpturen!

Agnes schrie leise auf. Das hatte Simon gemacht? Solche Skulpturen waren vor einigen Wochen in der Hypobank zu sehen gewesen, bei der Ausstellung von Niki de Saint Phalle. Agnes hatte in Kunsterziehung auch mit

Pappmaschee und Draht gearbeitet, und die Figuren, die herausgekommen waren, wurden von Frau Dirks gut beurteilt. Aber mit dem Werk von Niki de Saint Phalle hatten die nicht die geringste Ähnlichkeit. Bei Simons Skulpturen war das etwas anderes. Die konnte man schon mit denen der berühmten Künstlerin verwechseln. Ihre Nanas waren zwar zum Teil wesentlich größer als die Figuren, die Simon gemacht hatte, aber sonst – Agnes sah Simon an.

»Du, ehrlich, das hätte ich dir nicht zugetraut!«

Simon lachte. Er war überhaupt nicht beleidigt.

»Du gibst es wenigstens zu. Die meisten hängen hier rum, sagen toll, und dann sehen sie nach, ob ich was zum Trinken dahabe.«

Agnes hatte Simon gar nicht richtig zugehört. Sie hockte vor einer Frauenfigur, die war vielleicht einen Meter groß, in strahlendem Blau, Rot und Gelb gestrichen, und ihre ausladenden Hüften wirkten noch deftiger, weil die Brüste so klein waren. »Das bist du«, sagte Simon.

»Aber«, stotterte Agnes und tippte sich gegen die Brust, »aber so klein sind die doch nicht – und –, hab ich wirklich so einen Riesenhintern?«

»Na klar! Wie hätte ich sonst draufkommen sollen?«

»Du bist gemein!«

Agnes warf ihre Schultasche nach Simon, und dann lief sie raus in die Diele, doch Simon kam ihr nach, schrie, sie habe ihn schwer getroffen. Er fing Agnes ein, und sie balgten sich. Schließlich, als Agnes keine Luft mehr kriegte vor Lachen, hob Simon sie auf, legte sie sich über die Schulter wie einen Sack Mehl und trug sie zu seinem Bett.

Eine Weile lachten sie und verschnauften, und Agnes dachte schon, jetzt würde Simon anfangen, zu schmusen. Doch Simon stand abrupt auf, ging zum Kühlschrank und holte für jeden eine Dose Cola.

»Was ist mit meinem Alten, macht der dich immer noch an?«

Agnes verschluckte sich, hustete. Dadurch gewann sie Zeit. Was wusste Simon? Sie hatte nie mit ihm über seinen Vater gesprochen. Auch nicht mit jemand anderem. Nicht einmal mit Danda. Verdammt. Was sollte sie jetzt sagen?

»Müssen wir wirklich über den reden?«, fragte Agnes lahm und sah Simon an.

Sein sonst weiches Gesicht wirkte jetzt hart, fand Agnes, Simon war nicht mehr der Junge, der sich über das Lob für seine Skulpturen freute. Er war weit weg von Agnes, und er war wütend.

»Ich lass mich von dem nicht verarschen. Das kann er mit meiner Mutter machen, mit mir nicht! Ich will wissen, was los ist. Sag, was will der von dir!«

»Meinst du vielleicht, ich wüsste das? Der ruft mich halt an und erzählt mir stundenlang von seiner toten Karin, sie war ja schließlich meine Tante, und wenn sie nicht verunglückt wär ...«

... wär sie vielleicht deine Mutter geworden. Und wir wären verwandt. Agnes hätte es fast gesagt, gerade konnte sie sich noch bremsen. Sie ärgerte sich über sich selber. Wieso gab sie eigentlich Simon Rechenschaft über etwas, was sie selber nicht begriff? Sollte er doch seinen Vater fragen! Was ging es Agnes an, was die Wölffe miteinander auszumachen hatten?

Agnes schob Simon, der am Bettrand saß, entschlossen zur Seite. Sie stand auf. Suchte ihre Schultasche. Da war Simon schon bei ihr. Nahm sie in die Arme, küsste sie, streichelte sie, sagte, dass sie nicht böse sein solle. Er sei nur so wütend über seinen Alten. Der gönne ihm nichts. Und Agnes schon gar nicht. Weil er selber mit einer Frau leben müsse, die er verachte, wolle er nicht, dass Simon Agnes habe.

»Du bist sein Jugendtraum. Er will dich nicht mit mir sehen. Er will dich für sich haben!«

»Aber ich will ihn nicht, kapiert? Lass mich jetzt endlich in Ruhe mit deinem Vater! Ich träum ja noch von dem!«

»Kannst du meine Angst nicht verstehen? Mein Vater kriegt alles, was er will – nur mich nicht. Und dich soll er auch nicht haben.«

Simon warf sich jetzt mit einem Schluchzen über Agnes. Er drückte sie fest an sich, legte seinen Kopf an ihr Gesicht und begann, Agnes' Schultern zu streicheln. Erst jetzt hörte Agnes die Musik.

»›Beastie Boys‹?«

»Ja. ›Sabotage‹.«

Eine Weile hörten sie schweigend zu, und dann holte Simon einige Farben, Pinsel und eine große Decke. Er bat Agnes, sich auszuziehen, er wollte sie bemalen. Bodypainting.

Agnes zögerte.

»Ach, komm, deinen Busen hast du mir doch schon geschenkt, und den Slip kannst du ja anbehalten. Bitte. Ich wünsche es mir schon so lange! Agnes! Bitte! Es wird dir Spaß machen.«

Warum eigentlich nicht? Agnes hatte schon oft schöne Models gesehen, die an Stelle von Klamotten Farbe auf ihrem Körper hatten. Das hatte überraschend echt ausgesehen.

Agnes begann, ihren Pullover auszuziehen, die Jeans, das Hemd. Im Slip legte sie sich auf die Decke, und Simon machte sich daran, von den Zehen aufwärts, Agnes zu bemalen.

Simon hatte jetzt »Enigma« in den CD-Player geschoben, ›The Age of Loneliness‹, und Agnes lehnte sich zurück. Sie machte die Augen zu, hörte die Musik und genoss es, das kühle Streicheln des Pinsels auf ihren Beinen zu fühlen. Simon malte zuerst lange Streifen, bis hoch hinauf zu den Hüften. Dann setzte er Punkte, die er wieder umkreiste. Agnes sah absichtlich nicht hin, sie konnte es ja viel schöner spüren, was Simon auf ihr malte.

Als der Busen drankam, als Simon seine Spiralen immer kurz vor der Brustwarze enden ließ, atmete Agnes tief durch. O mein Gott, war das wunderbar!

Als Agnes Simon ihren Busen geschenkt hatte, war sie rasch hinausgelaufen, weil beide, Simon und sie selber, durch Agnes' Nacktheit schließlich in Verlegenheit geraten waren. Agnes hatte sich seltsam schutzlos gefühlt, als Simon ihren nackten Rücken streichelte. Sie wollte plötzlich wieder angezogen sein, wie Simon. Und er hatte gewartet, bis Agnes angezogen wieder hereingekommen war. Sie waren dann ganz eng beieinander gestanden. Agnes hatte den Kopf an Simons Schulter gelegt und seinen Duft eingeatmet. Den Geruch nach frischer Wäsche und nach Simon.

Auch heute war Simon wieder nah, so nah. Agnes spürte, wie sich die Spitzen ihrer Brüste aufstellten, und sie wollte, dass Simon mehr malte, mehr. »Mach die Brustwarzen rot«, verlangte Agnes, und Simon tat es.

Es war schön. Irre. Heiße Ströme liefen von den Brustspitzen direkt in Agnes' Bauch, und dort flossen sie zusammen in ein Meer, mindestens. Das kochte und brodelte vor Hitze, und Agnes sagte »Simon«, denn jetzt musste der was tun, damit Agnes nicht innendrin verbrannte.

Doch Simon malte weiter, als habe er nichts gehört und nichts empfunden. Sein Gesicht war angespannt, Agnes konnte es genau sehen, und jetzt malte Simon die andere Brustspitze, und dort ging es ebenfalls los mit dem Ziehen bis in den Bauch, und Agnes machte die Augen wieder zu und lehnte sich noch tiefer in die Kissen zurück. Simons Malerei sollte dauern bis in die Ewigkeit.

»Jetzt weiß ich endlich, warum du Maler werden willst!«

Die Stimme war rau und laut, Agnes schoss hoch. Simons Farben fielen durcheinander, als Agnes rausrannte, an Lorenz Wolff vorbei, der in der Türe stand, das Gesicht von Hohn und Wut verzogen.

Agnes stellte die Dusche an, heiß, heftig. Sie riss ihren Slip herunter und ließ das Wasser auf sich rauschen, sie wollte die Stimmen draußen nicht hören, die lauten, streitenden Stimmen. Sie hörte Simon ständig und immer lauter »raus!« schreien, immer wieder »raus!«. Dann knallte eine Tür, und Agnes suchte unter dem Duschstrahl nach so was wie einer Seife; sie schäumte sich ein, als habe sie Pech auf der Haut, aber die Farbe ging ziemlich gut herunter.

Agnes trocknete sich ab, föhnte rasch die Haare und ging zu Simon, der dabei war, Wäsche und Garderobe in einen großen Koffer zu packen.

»Was willst du tun?«, fragte Agnes, und sie fand ihre Frage selber ziemlich dämlich.

Simon wirkte völlig ruhig. Er hatte seine Farben wieder aufgeräumt und schichtete jetzt umsichtig seine Sachen in den Koffer.

»Ich bringe ein paar Klamotten in die WG. Dann fahre ich zu meinen Großeltern. Den Eltern meiner Mutter. Sie leben in Bremen. Mein Großvater gibt mir Geld. Der kann meinen Vater nicht ausstehen, weil meine Mutter so unglücklich ist. Er hat mir das letzte Mal gesagt, dass er mir ein Konto einrichten wird. Damit ich unabhängig bin von dem Alten. Das soll er jetzt sofort machen. Eine WG weiß ich auch bereits. Die haben zwar im Moment keinen Platz, aber ich schlaf so lange im Schlafsack. Hier bleibe ich jedenfalls keine Minute mehr.«

»Und deine Mutter?«

Agnes sah, wie sich Simons Gesicht bitter verzog. »Siehst du sie hier irgendwo? Sie hat den Scheiß doch mitgehört, aber sie kuscht. Sie rührt keinen Finger für mich. Hat sie nie gemacht.«

Agnes zog sich ebenfalls an. Sie dachte, dass es Simon jetzt zwar schlecht ging, dass er aber immerhin einen Großvater hatte, der ihm Geld geben konnte. So viel, dass Simon sich in den nächsten Jahren keine Sorgen machen musste, solange er in einer WG lebte und auf sein Geld aufpasste.

Agnes seufzte. Und wenn sie sich über Andreas und Juliane die Pest an den Hals ärgern würde, sie könnte nicht weg von daheim. Ihren Großeltern am Chiemsee würde sie niemals die Wahrheit sagen, die beiden hatten in ihrem Leben genug Leid abgekriegt. Geld war sowieso keines da. Der Großvater hatte eine kleine Rente, mehr nicht. Und Julianes Eltern lebten in einem Seniorenheim in Gräfelfing. Dort war es ziemlich fein, aber auch so teuer, dass die Großis, wie Agnes sie nannte, ihr gesamtes Geld dort eingezahlt hatten. Außerdem waren beide ziemlich gaga; sie erkannten Agnes manchmal gar nicht, redeten nur noch von der Vergangenheit, als sie reich waren und in einer Villa lebten. Das nervte.

Agnes sehnte sich nach Opa Hornig. Nach Pattis Opa. Auf jeden Fall sehnte sie sich weg aus dem Haus der Wölffe.

In der U-Bahn war es knackevoll. Simon und Agnes standen eng gepfercht im hinteren Teil des Wagens, wo Simon seinen großen Koffer abgestellt hatte. Den wollte er erst in die WG bringen, und danach zum Bahnhof fahren. Neben ihnen hielt einer ein Radio an die Ohren. Ob sie wollten oder nicht, sie mussten mithören. »Mo-Do« mit ihrem Deppensong *Eins zwei Polizei, Drei vier Grenadier, Fünf sechs, alte Gags. Sieben acht. Gute Nacht.*

»Das ist das Allerletzte, das kann der toleranteste Mensch nicht aushalten«, entschied Simon, und sie schleppten den Koffer zur Tür.

»Begreifst du, wieso Leute beim Konzert von ›Take That‹ vor Begeisterung ohnmächtig werden?«, fragte Agnes.

»Leute?«, entgegnete Simon. »Du meinst wohl Mädchen! Die haben nur Mädchen aus der Olympiahalle abgeräumt, alle total hysterisch. Nur weil die Fünf sich an den Schritt gefasst haben. Da fasst sich unsereins an den Kopf.«

Agnes wusste, dass in den Sechzigern, als die Beatles ihre ersten Auftritte hatten, sich ebenfalls Mädchen reihenweise weggeschrien hatten. Eine derartige Ekstase konnte sich Agnes an sich selber nicht vorstellen.

»Gehst du Sonntagabend zu Frizzies Fete?«, fragte Simon, und Agnes nickte.

»Klar, ich mach einen Kartoffelsalat. Jeder bringt was mit.«

»Okay«, sagte Simon, »ich komme direkt vom Bahnhof dorthin. Dann sehen wir uns.«

Simon musste in die Barer Straße, Agnes fuhr mit der U1 zum Rotkreuzplatz. An der Rolltreppe küsste Simon Agnes.

»Mach's gut, bis Sonntagabend also!«, sagte Simon.

»Pass auf dich auf!«

Agnes sprang rasch auf die Rolltreppe. Es tat weh, dass Simon wegfuhr. Doch Agnes wollte gleichzeitig unbedingt allein sein. Mit all diesen saublöden Gedanken. Sie fühlte sich wieder mal schuldig, und sie hasste sich deswegen. Was konnte sie eigentlich dafür, dass Herr Wolff nicht richtig tickte? Dass zwischen ihm und Simon ein riesiger Müllhaufen war, mit dem sie nicht fertig wurden?

Eigentlich hätte Agnes es sich ja denken können. Schon als sie in die Diele kam, schrillte das Telefon. Es war Lorenz Wolff.

Im ersten Impuls wollte Agnes sofort auflegen. Doch dann hörte sie geduldig und fast apathisch zu, was Lorenz Wolff ihr mitzuteilen hatte. Agnes war müde. Sie hatte alle Leute satt, die über zwanzig waren, aber immer wieder wurde sie in ihr Familien-Hickhack oder Liebesgedröhn hineingezogen.

Lorenz Wolff erzählte ihr gerade aufgeregt, dass alles in Ordnung sei. Agnes müsse sich keine Sorgen machen.

Simon habe seinen Vater zwar ausgesprochen schlecht behandelt, geradezu lächerlich unverschämt, er könne ihn schließlich aus seinem eigenen Haus nicht hinauswerfen, aber er, Lorenz, gebe ja zu, dass er auch taktlos in das Bodypainting hineingeschneit sei. Und im ersten Moment, als er Agnes so nackt und bemalt gesehen habe, sei er völlig durcheinander gewesen und habe falsch reagiert. Aber deshalb dürfe doch Simon seine Eltern nicht verlassen. Das mit der Wohngemeinschaft sei doch nun wirklich Stuss.

»Meine Frau fliegt morgen früh nach Bremen, sie holt Simon ab und bringt ihn wieder her. Dann kommt alles wieder in die Reihe.«

»Hm«, sagte Agnes. Was sollte sie sonst sagen?

Lorenz Wolff redete jedoch bereits weiter.

»Agnes, ich habe eine neue Klinik für deine Mutter gefunden. Am Bodensee. In der Nähe von Lindau. Ich habe einem Arzt Julianes Fall geschildert, er hat mir die Klinik empfohlen. Sie nehmen deine Mutter sofort auf. Ich habe schon mehrfach mit ihr telefoniert. Deine Mutter ist glücklich, sie möchte keinen Tag länger mehr am Chiemsee bleiben. Daher habe ich mit ihr ausgemacht, dass wir sie morgen früh abholen und an den Bodensee bringen. Der Freund deiner Mutter möchte vielleicht mitkommen. Kann ich ihn mal sprechen?«

Agnes reichte den Telefonhörer Andreas, der seit einer Weile schon in der Nähe stand und Agnes beobachtete. Wahrscheinlich hatte er auch schon hundert Mal mit Herrn Wolff telefoniert. Alles hinter Agnes' Rücken. Sie fühlte sich in diesem Moment Millionen Jahre alt, und die anderen sagten ihr, wo das Leben langging.

12

»Und kein Wort zu Juliane!«

Andreas sah Agnes unsicher an. Sie hatten sich ein schnelles Frühstück gemacht. Nescafé und Brezn, die Andreas vom Bäcker geholt hatte. Er wollte überhaupt alles tun, um Agnes eine Freude zu machen.

Doch Agnes wäre am liebsten auf einer dieser Inseln gewesen, Hawaii oder Seychellen, oder wie die alle hießen, und sie hätte nicht einmal frische Brezn gebraucht.

»Nicht wahr, du sagst nichts –«

»Mann, ich bin doch nicht bescheuert!«

Glaubte Andreas wirklich, Agnes würde ihrer eigenen Mutter erzählen, dass Andreas mit dieser Tussi – und auch noch in ihrem eigenen Bett –? Was dachte der Typ sich eigentlich? Glaubte der, er wäre Mick Jagger, oder was?

Andreas war eher klein, schmal und ziemlich nervös. Er hieß Wapplinger mit Nachnamen, aber Agnes nannte ihn immer Zapplinger. Das nahm Andreas ihr nicht übel. Er war überhaupt eine komische Mischung. Manchmal war er wegen einer Kleinigkeit beleidigt. Er konnte es zum Beispiel nicht ausstehen, wenn man im Zusammenhang mit seiner Person das Wort *alt* verwendete. Agnes durfte ruhig *Trottel* zu ihm sagen, aber nicht *alter Trottel.* Und sie konnte ihn im Streit anschreien, hemmungslos, das war ihm lieber, als wenn sie schwieg. Oder ihm aus dem Weg ging.

Klar, dass Andreas jetzt wegen seines schlechten Gewissens Probleme schob. Davon wollte Agnes ihn auch keinesfalls erlösen. Sie hatte sich am Romanplatz ein Buch für die Fahrt gekauft: ›Pooh's Corner‹ von Harry Rowohlt, ›Meinungen und Deinungen eines Bären von geringem Verstand‹. Agnes kannte von früher ›Pu der Bär‹, und deshalb hatte sie angefangen, darin zu lesen, als sie es bei Lula daheim liegen sah. Jeder vernünftige Mensch möchte schließlich einen Bären von geringem Verstand kennenlernen, und dann hatte sie sich festgelesen.

Herr Wolff kam pünktlich um zehn. Die Herrschaften hatten ausgemacht, dass Andreas, Agnes und er zum Chiemsee fahren sollten, um Juliane abzuholen. Es ging ihr so weit gut, dass sie in einem großen grauen Auto durchaus zum Bodensee fahren konnte. Agnes war darüber erstaunt, denn bei ihrem letzten Besuch war Juliane noch ziemlich schlecht beieinander gewesen. Mittwoch hatte Agnes noch Juliane angerufen, und die ließ kein Sterbenswörtchen davon verlauten, dass sie offenbar pausenlos mit Herrn Wolff telefonierte.

Die Alten sind alle heimtückisch. Das stimmte wahrscheinlich ebenso wenig wie die Behauptung, dass alle Österreicher Heiratsschwindler seien. Das hatte Agnes mal irgendwo gelesen. Aber irgendetwas wird schon dran sein. Jedenfalls hatte Wolff Senior mit Juliane und Andreas schon seit Langem seine Fäden gesponnen, und Agnes durfte nur noch zu allem nicken und hinten im großen grauen Wagen des Herrn Wolff ›Pooh's Corner‹ lesen. Das tat sie dann auch ausschließlich, und als sie vor der Klinik am Chiemsee ausstiegen, war ihr übel. Sie war das sanfte Schaukeln großer grauer Autos eben nicht gewöhnt.

Juliane! Wie sah die denn aus? Ungefähr so wie neulich Agnes, als sie wegen Andreas und seiner Zaubermaus aufgebrezelt war. Agnes hatte Juliane in den letzten Monaten immer blass und deprimiert gesehen, das schöne Haar strähnig, die Haut fahl, und die Augen waren auch wie erloschen gewesen. Und nun saß da eine Frau im Rollstuhl, die offenbar gerade zu Dreharbeiten über eine Frau im Rollstuhl abgeholt wurde.

»Juliane! Mama! Du siehst ja klasse aus!«

Agnes umarmte Juliane. Vorsichtig, damit sie nicht die Eimer voll Make-up und Haarspray vernichtete, die Juliane über sich verteilt haben musste. Gegen diese Juliane sah aber die Zaubermaus von Herrn Zapplinger alt aus, dachte Agnes.

Sie gönnte es Andreas, dass er zusehen musste, wie Juliane Herrn Wolff, den sie schließlich nur vom Telefon kannte, wie ihren Herzallerliebsten begrüßte und umarmte. Fremdgehen macht einsam, Herr Zapplinger!

Agnes saß jetzt neben Juliane hinten im Wagen. Doch sie konnte sich ungestört wieder den Meinungen und Deinungen ihres Bären widmen, denn Juliane bestritt mit Herrn Wolff die gesamte Unterhaltung. Wenn Agnes nicht genau gewusst hätte, dass Juliane ahnungslos war, dann hätte sie geglaubt, dass Julianes Verhalten die Rache für Andreas und seine Tussi war. Denn ihre Mutter übersah Andreas derart konsequent, dass der Agnes schon wieder leidtat. Herrn Wolff dagegen schien nichts aufzufallen, für ihn war es wahrscheinlich normal, im Mittelpunkt von Julianes Interesse zu stehen.

So schwiegen Andreas und Agnes bis Lindau, und Agnes hoffte nur, dass es Juliane nicht auffiel. Herr Wolff und auch Andreas hatten schließlich keinen Grund, Agnes mit Fragen zu belästigen.

Als Agnes in dem eleganten Klinikzimmer ihrer Mutter Gute Nacht sagte, hielt sie es dann doch nicht mehr aus.

»Warum fragst du mich nicht nach Simon?«, wollte sie von Juliane wissen.

»Simon? Ach ja, der Sohn von Lorenz – wie geht es ihm?«

Das war doch die Pest! Juliane tat so, als habe es Simon und Agnes noch nie gegeben. Dabei erzählte Agnes ihr in jedem Telefonat, was sie mit Simon unternommen hatte, und so.

Schroff wandte sich Agnes ab. Die sollten sie doch alle mal kreuzweise. Morgen würde sie Simon auf dem Fest sehen und Lula und Danda und Patti und Frizzie und Paulina und Tobi und Olli und alle. Agnes hoffte jetzt nur noch, dass Herr Wolff drei Einzelzimmer im Hotel bestellt hatte, denn von dieser Generation hatte Agnes für heute genug.

Es war ein nobles Hotel. Agnes gefiel es richtig gut in ihrem gemütlichen Zimmer, zu dem noch ein kleiner Vorraum gehörte. Sie holte sich aus der Minibar Kartoffelchips und Erdnüsse, öffnete eine Coladose und schaltete den Fernseher an. Das hatte sie sich schon immer gewünscht, Fernsehen vom Bett aus. Daheim saß sie auf den Esszimmerstühlen äußerst unbequem, doch Juliane wollte nicht, dass Fernsehen bei ihnen in Vergnügen ausartete. Daher stand der Apparat neben dem Esstisch, und es blieb ein Traum von Agnes, sich gemütlich ins Bett zu kuscheln und Western anzuschauen.

Heute kam kein Western, aber immerhin ›Rain Man‹

auf RTL 2 mit Dustin Hoffmann und Tom Cruise. Agnes war fasziniert, zu erleben, wie ein geldgieriger Yuppie von seinem kranken Bruder lernte, einen Menschen zu lieben. Besonders, wenn Dustin Hoffmann in ein Buch alle Verletzungen eintrug, die ihm sein Bruder antat, oder die Beharrlichkeit, mit der er seine seltsamen Lebensregeln verteidigte – Agnes fühlte sich Dustin Hoffmann nahe, seine Krankheit schreckte sie nicht ab. Sie fühlte sich eher getröstet. Vielleicht war sie ja auch in gewisser Weise autistisch, nur hatte das noch keiner gemerkt.

Am Morgen saß Lorenz Wolff schon frisch und ausgeruht am Frühstückstisch, als Agnes erschien. Er bestellte ihr zuerst ein Frühstück mit Rührei, Schinken, Müsli und Grapefruit, und dann fragte er Agnes, ob sie mit ihm eine Runde über den Bodensee segeln wolle.

»Andreas ist noch mal zu Juliane in die Klinik gegangen. Ich denke, wir lassen die beiden allein, bis wir wieder zurückfahren. Die haben bestimmt genug miteinander zu reden.«

Also war ihm doch was aufgefallen.

Das mit dem Segeln hörte sich ja nicht schlecht an. Agnes war noch niemals gesegelt. Vom Hotel aus hatte sie auf den See geschaut und schon einige Segelboote gesehen, die ganz schön Fahrt machten. Es ging also ein Wind.

Hoffentlich kam Herr Wolff nicht auf die Idee, Agnes auf dem Segelboot an das Bodypainting zu erinnern oder ihr wieder Episoden aus seinem seltsamen Leben zu erzählen. Auf dem Wasser konnte sie schließlich nicht abhauen.

Anscheinend konnte Simons Vater Gedanken lesen. Er sagte zu Agnes, sie sollten den ganzen Kram vergessen, der zwischen ihnen sei. Dazu sei Segeln gerade das

Richtige. Da habe man den Wind um die Ohren und sei beschäftigt, das Boot immer richtig in den Wind zu stellen, da bekomme man den Kopf klar.

Auf dem Weg zum Bootshafen erklärte Herr Wolff Agnes, dass er noch gestern Abend einen Spaziergang hier herunter gemacht habe, und dabei sei er auf einen Bootsverleiher getroffen. Wenn man morgens zeitig komme, gingen nur wenige Boote raus, daher hätten sie also einige zum Verleihen. Da wäre ein sehr schönes aus Holz, Agnes werde staunen. Den Segelschein habe er auch dabei, und daher könne gar nichts mehr schiefgehen.

»Ist es das etwa?« Agnes lief auf den Steg und blieb bei dem einzigen Holzboot stehen, das sie sah. Es war für diesen Tag ihr Boot. Dunkelbraunes Holz, glänzend poliert, mit Sitzbänken, einer Schlafkabine und einem riesigen Steuerrad. Das schönste Boot vom Steg, fand Agnes.

Lorenz Wolff half ihr hinein. Gut, dass sie ohnehin Turnschuhe anhatte und Jeans, das war für ein Boot genau richtig. Herr Wolff hatte zwei dicke Pullover dabei, eine Tasche, in der Cola und Schweppes waren. Auch Schokolade sah Agnes, alle möglichen Riegel und Pralinen. Herr Wolff sagte, er habe seine ganze Minibar aufgekauft.

Er war strahlender Laune, machte sich pfeifend daran, so einen Deckel vorne am Boot hochzuklappen. Es sah aus, als käme er aus einem Panzer, und dann holte er die Segel raus. Er zeigte Agnes, wie diese weißen großen Dinger eingeklinkt wurden, sodass man sie hochziehen konnte. Zuerst nur das größere Segel, die Vorschot wollten sie erst auf dem See ausrollen.

Bei allem war Lorenz Wolff konzentriert und ruhig. Er schien Agnes anders als sonst, irgendwie, ja, irgendwie glücklich. Er sah über das Wasser, schaute prüfend in den Frühsommerhimmel und sagte, Wind gebe es reichlich. Wunderbar.

Agnes dachte an Simon. Sie ertappte sich dabei, dass sie im Gesicht seines Vaters die Züge von Simon suchte.

Bei Lorenz war alles kantig, flächig, gebräunt, der Mund ein kräftiger Strich. Agnes glaubte, dass Lorenz vor Energie bersten müsse. Er hatte sein Leben im Griff, wie das heißt, er konnte kämpfen mit der brutalen und rücksichtslosen Kraft der intelligenten Leute, die Erfolg haben wollten. Egal, auf welchem Gebiet.

Agnes war sich sicher, dass Lorenz nicht eine Sekunde daran dachte, dass die Gewässer verdrecken, die Böden verseucht werden oder die Luft durch die Abgase der Autos und Flugzeuge draufgeht. Und wenn er daran dachte, würde Lorenz diese Gedanken zu Geld machen. Er gehörte zu denen, die wussten, wo es langging. Er hatte ein dickes Stück vom Kuchen für sich gekrallt. Davon fühlte sich Agnes einerseits angezogen. Aber es lähmte sie auch. Machte sie mutlos. Nie würde sich Agnes so behaupten können wie Lorenz Wolff.

Simon dagegen war wie Agnes. Und ein bisschen wie ›Rain Man‹. Sie hatte sofort gespürt, dass er ebenso weit weg war vom Kampf um den Kuchen wie Agnes. Auch wenn Simon sich lässig gab, fast verachtend, war er unsicher, wusste noch nicht, wie er umgehen sollte mit seinen Träumen und Wünschen und Ängsten.

Eines aber wusste Simon genau. Er wollte nicht so werden wie sein Vater. Er war ihm ja nicht einmal äußerlich ähnlich. Simon hatte weiche, richtig schön geschnittene Lippen, besonders seine Oberlippe war wie gestanzt, und Agnes küsste sie gern. Sie achtete manchmal darauf, dass sie genau die Oberlippe erwischte. Simon war ebenso blass wie Agnes, aber nur, wenn er lange nicht in der Sonne war. Er surfte tatsächlich im Sommer, wie Agnes vermutet hatte, aber nicht in Florida, sondern am Feringasee oder am Chiemsee. Er fuhr auch nicht Snowboard, sondern einfach Ski, und beides wollte er Agnes unbedingt beibringen.

Agnes sah Simons Vater immer noch an. Sie spürte plötzlich, dass er ihren Blick auffing, festhalten wollte, doch Agnes drehte sich weg, löste die Fender nach Lorenz' Anweisung und warf sie in ein Schapp. Sie dachte an Simon, und sie wusste, dass sie ihn liebte.

»Willst du ans Steuer?«

Da war er wieder, dieser Blick, eine Tiefe und Hitze, die Agnes nicht aushalten konnte. Dabei war Lorenz Wolff in den letzten beiden Tagen distanziert gewesen, er hatte Agnes kaum angesehen, sachlich mit ihr geredet. Agnes war davon ausgegangen, dass ihm nach ihrem Besuch bei Simon klar war, zu wem sie gehörte.

Agnes vermied es, Lorenz anzusehen, und auch er schaute wieder über den See.

»Wir werden doch hoffentlich keine Flaute kriegen. Da ist ja nur noch eine Mütze voll Wind. Aber zum Lernen reicht es.«

Der See lag ruhig, die wenigen Boote, die auf dem Wasser waren, glitten sanft dahin. Kein einziges Motorboot machte Lärm und störte. Agnes atmete tief die frische Luft ein. Sie hielt eine Hand ins Wasser, das noch ziemlich kühl war.

Lorenz zeigte Agnes, wie sie steuern musste. Dabei

brauchte sie nur auf den Verklicker zu achten. Das war so ein komisches Bändchen hoch oben am Mast; es musste immer quer zum Wind stehen, dann stimmte das mit der Windrichtung. Agnes dachte, das werde sie nie lernen. Trotzdem steuerte sie das Boot aus dem Hafen, wie Lorenz es ihr gezeigt hatte, und er stieß mit einem Fuß kräftig ab vom Steg. Langsam bekam das Boot Fahrt, und es legte sich leicht auf die Seite, der Wind griff in das Segel, und Lorenz rollte die Vorschot aus.

»So, nun machen wir eine Wende!«

Die Vorschot war mit dicken Seilen, die Lorenz Tampen nannte, an kräftigen Winschen festgemacht. Je nach der Windrichtung mussten die Tampen gelöst werden, damit die Vorschot richtig in den Wind gestellt werden konnte. »Klar zur Wende«, rief Lorenz wieder, und Agnes löste blitzschnell den Tampen, um den von der anderen Seite um die Winsch zu legen und kräftig anzuziehen, bis die Vorschot an ihrem Platz war. Dann belegte Agnes den Tampen in der Klemme.

»Du bist ein guter Vorschoter«, lobte Lorenz, der jetzt das Steuer hatte.

Agnes sah ihn, wie er strahlend und gelöst am Ruder stand, seine Haare flogen im Wind. Er war gar nicht so gefährlich nah bei Agnes, so wie damals im Auto. Agnes war jetzt mehr Vorschoter als Agnes, und das war okay.

Plötzlich kam ein Katamaran herangerauscht. Eine Frau hing weit heraus im Trapez und hielt dadurch den Katamaran, der ganz schön schräg stand, im Gleichgewicht. Die Frau hing mit dem Hintern fast im Wasser. Sie winkte Agnes und schrie fröhlich: »Jipiiiiih!«

»Beim nächsten Mal gehst du auch ins Trapez, Agnes! Dann segeln wir richtig hart an den Wind!«

Der tat ja so, als würde Agnes in Zukunft nichts anderes mehr machen, als mit ihm zu segeln.

»Der Wind lässt nach. Ich denke, wir suchen uns eine Bucht und machen eine kleine Pause!«

Sie waren zwei Stunden auf dem See gekreuzt, wie Agnes überrascht feststellte.

Lorenz Wolff hatte ihren Blick auf die Uhr gesehen. »Auf dem Wasser verfliegt die Zeit noch schneller als im richtigen Leben. Du denkst, du hast grad mal abgelegt, dann ist schon wieder Zeit, zurückzufahren. Manchmal glaube ich, das Leben läuft ab wie die Spulen an einem Tonband. Zuerst dreht es sich ganz langsam, die Rolle nimmt nur wenig ab, und irgendwann beginnt es, ganz rasch zu drehen, immer schneller, und dann ist die Spule leer. Aus.«

»Aber die andere Spule ist dann voll«, wendete Agnes ein.

»Ja, das ist dann die nächste Generation, das bist dann du. Und Simon.«

Beide schwiegen. Sie waren in einer Bucht angekommen, in der hohes Schilf stand, und dahinter begann offenbar ein Wald. Agnes sah sich um. Kein anderes Boot war mehr zu sehen. Es war, als seien sie allein auf dem Wasser.

Lorenz holte den Anker heraus, ein ziemlich großer, schwerer Apparat, der an einem langen dicken Tampen klatschend in die Tiefe sauste.

»So, jetzt können wir es uns gemütlich machen.«

Lorenz brachte aus der Kabine Schokolade und Kekse, Cola und kleine Flaschen Whisky, wie man sie in Minibars findet. Sie aßen, und Agnes nahm auch einen Schluck Whisky, denn es war ganz schön kühl auf dem Schiff. Lorenz erklärte ihr, dass man sich auf einem

Schiff immer dicke Socken und am besten warme Gummistiefel anziehen solle, wenn das Wasser noch kalt sei. Da helfe auch die Frühsommersonne noch nicht viel.

Agnes spürte, dass sie müde war. Sie besichtigte die gemütlichen Schlafkojen in der Kajüte und kriegte vor lauter Gähnen fast den Mund nicht mehr zu. Sie zog eine Decke über sich, noch eine Zweite, denn ihr war plötzlich richtig kalt. Aber so fand sie es wunderbar in der Koje. Das Schiff schaukelte sanft, es schien sogar, als würde das Auf und Ab heftiger. Doch Agnes war alles recht, schließlich war Lorenz oben, und der hatte doch immer alles im Griff. Agnes schlief ein.

Wasser klatschte heftig gegen das kleine Kajütenfenster. Agnes erwachte davon, und sie spürte, dass das Schiff heftig schaukelte. In der Koje war es dämmrig, und als Agnes den Kopf wandte und sich aufrichten wollte, sah sie, dass Lorenz Wolff neben ihr lag. Er hatte seinen Kopf auf den Ellenbogen gestützt, sah Agnes an und lächelte liebevoll.

»Du brauchst nichts zu fürchten, es stürmt ein wenig, wir warten das ab, und dann segeln wir zurück.«

»Lassen Sie mich raus!«

Agnes stemmte sich hoch. Doch da hielt Lorenz Wolff sie fest. Er umschlang Agnes, küsste ihren Mund, ihr Gesicht, ihren Hals, und dabei flüsterte er beschwörend, dass die letzten drei Tage für ihn die Hölle gewesen seien, Irrsinn, sich so zu verstellen, nur Simons Vater zu sein. Natürlich habe er Juliane helfen wollen, und er werde das auch weiterhin tun, aber er tue das in Wahrheit für Agnes, für seine Liebe, seine einzige Liebe, und sie liebe ihn doch auch, er spüre das, er sehe das in ihren Augen …

Agnes roch den leichten Whisky-Atem, sie hatte selber den Geschmack noch im Mund, der scharf war und nicht zu ihr zu passen schien. Er machte ihr Lust, breitete eine Süße in ihr aus, die sie nicht kannte, die ihr unheimlich war, genauso wie der schwere Körper des Mannes, die Rücksichtslosigkeit, mit der er Agnes auffressen wollte. Ja, Lorenz Wolff war dabei, Agnes zu fressen, ehe der junge Wolff sie ihm abjagen konnte.

Simon, dachte Agnes, Simon! Und sie versuchte, sich von Lorenz zu befreien, schrie ihn an, dass er sie loslassen solle. Doch er hielt sie umso fester, sein Mund wühlte sich in ihren Hals, in den Ausschnitt ihres Hemdes, das er aufzuknöpfen begann.

Agnes wusste nicht, wie es ihr gelungen war, freizukommen aus diesem verdammten, süßen Sog. Doch sie schaffte es, sich endlich über Lorenz hinwegzurollen, sie rannte nach oben, sah das aufgewühlte Wasser, das Ufer, den Wald, und sie sprang.

»Agnes! Agness!!«

Sie hörte Lorenz schreien, als sie sprang. Das grünliche Wasser schlug über ihr zusammen, sie kam hoch und sah das Schilf am Ufer. Es war erstaunlich weit weg, doch Agnes schwamm, sie schluckte Wasser, sie hustete, versank wieder – und dann war Lorenz da. Er hielt sie, schrie, dass sie zurückkommen müsse. Zurück zum Schiff.

»Hau ab«, schrie Agnes, und schon wieder hatte sie den halben verdammten Bodensee im Mund.

»Agnes, wohin willst du denn? Du bist verrückt, komm zurück! Ich verspreche dir, ich rühr dich nicht mehr an, Agnes!«

Auch das Schiff war plötzlich weit weg. Verflucht weit weg. Aber immer noch näher und sicherer als das Schilf.

Das begriff Agnes. Sie begann, zum Schiff zu schwimmen, aber immer wieder schlugen die Wellen über ihr zusammen, immer wieder versank sie, kam hoch, hustete. Du lieber Himmel, sie würde hier glatt ersaufen.

»Agnes, komm, mach kein Scheiß!«

Lorenz umschlang Agnes. Sie versuchte, sich auf seinen Rücken zu legen, doch sie rutschte ab, versank. Lorenz hielt sie eben noch am Arm, und er begann jetzt, Agnes auf seinen Bauch zu ziehen, doch Agnes hatte kaum noch Kraft, ihm zu helfen, sie erstickte fast an dem Wasser, das sie ständig schluckte. Diese Wellen, wie Sturzbäche brachen sie immer wieder über Agnes zusammen; kaum, dass sie Luft holen konnte, überrollte sie schon die nächste. Lorenz kämpfte jetzt ebenso wie Agnes, aber er ließ sie nicht los. Und dabei schrie er immer, dass sie ihm verzeihen müsse und dass er sie nicht mehr anrühre. Agnes war das alles egal, sie wollte nur nicht in diesem albernen Tümpel sterben, und sie mühte sich und schwamm und versank, bis Lorenz sie wieder hochzog.

Endlich konnte er die Badeleiter des Schiffes fassen. Er keuchte und hielt Agnes fest, bis auch sie mit einer Hand einen Metallbügel zu fassen kriegte. Da hingen sie und atmeten, und Agnes heulte und klammerte sich an Lorenz, und irgendwann nach hundert Jahren gelang es ihm, sie hochzustemmen, damit sie so weit über den Bootsrand kam, dass sie sich hineinfallen lassen konnte.

Agnes kriegte gerade noch mit, dass auch Lorenz sich hochgekämpft hatte, er fiel auf sie. Agnes spürte die harten Dielen des Bootes unter sich, und dann spürte sie nichts mehr.

13

Andreas fuhr den grauen Wagen von Lorenz, den er früher »dieser Herr Wolff« genannt hatte und den er jetzt duzte, und Agnes sah, wie er beides genoss. Das Duzen und das Fahren.

Von mir aus, dachte Agnes, sollen sie sich alle verbrüdern oder verschwestern oder was – Hauptsache, ich liege nicht im Bodensee und muss mich eines Tages von Tauchern als grünschlierige Leiche rausfischen lassen.

Die Wasserwacht hatte sie geborgen, kurz nachdem sie auf dem Boot zusammengeklappt waren. Auch Lorenz war bewusstlos gewesen, aber im Boot der Wasserwacht kamen sie beide rasch wieder zu sich. Dann kam das Erbrechen und so, und der Kreislauf spielte völlig verrückt. Sie bekamen von einem Arzt Spritzen, und dann stellten die Leute ständig blödsinnige Fragen. Wie Agnes denn ins Wasser reingekommen sei und so.

Agnes hatte Lorenz angesehen, doch aus seinem Gesicht wurde sie auch nicht schlauer. Deshalb sagte sie einfach, sie sei reingesprungen, weil ihr Fotoapparat ihr aus der Hand gefallen sei. Natürlich wisse sie, dass das völlig idiotisch gewesen sei, aber sie habe gar nicht überlegt, sei halt einfach gesprungen. Das hatten sie ihr dann auch abgenommen.

Andreas und Juliane hatten sich nicht besonders große Sorgen gemacht. Sie glaubten, Lorenz und Agnes hätten irgendwo angelegt und den Sturm abgewartet. Sie schauten ziemlich blöd, als Lorenz und Agnes in uralten Jogging-Klamotten von der Wasserwacht auftauchten. Diesmal erzählte Lorenz, was Agnes schon der Wasserwacht erzählt hatte, und Juliane hatte nur eine Sorge: »Hoffentlich war es nicht meine Kamera.«

Da konnte Agnes sie ja nun beruhigen.

Und jetzt saß sie hinten im Auto neben Lorenz, jeder lehnte schläfrig in einer anderen Ecke des Wagens. Andreas vorn hatte offenbar ebenfalls kein Bedürfnis, auch nur ein Wort zu reden. Irgendein Klassik-Sender dudelte leise, und Agnes dämmerte vor sich hin, bis ihr wieder einfiel, dass sie ohne Lorenz jetzt ganz unten im Bodensee im ewigen Schlaf schnarchen würde, und da wollte sie vor Dankbarkeit und Rührung doch wahrhaftig Lorenz um den Hals fallen. Doch dann fiel ihr gerade noch rechtzeitig ein, dass sie ohne das zweifelhafte Benehmen von Lorenz gar nicht erst in den Bodensee gesprungen wäre, und da ließ sie das mit dem Umdenhalsfallen bleiben und schlief lieber ein.

Ohne ein Wort waren sie und Andreas dann in der Nacht aus dem großen grauen Auto gestiegen, und Herr Wolff hatte sich mit einem gemurmelten Gruß hinter das Steuer gesetzt.

Am nächsten Morgen hätte Agnes um ein Haar verpennt, wenn nicht von der Baustelle her plötzlich lautes Dröhnen, Wummern, Reden und Lachen zu hören gewesen wäre. Himmel, das war ja schon drei viertel acht! Naja, gebadet hab ich ja ausreichend, dachte Agnes, putzte sich nur rasch die Zähne und trank ein Glas kalte Milch aus dem Kühlschrank.

Sie radelte rasch und gut gelaunt mit einigen anderen

Schülern, die ebenso spät dran waren, in die Nibelungenstraße, schloss ihr Rad ab und machte dann, dass sie in die Klasse kam.

Stockmeier sprach bereits über Sigmund Freud und die Hypnose. Frizzie sollte fortfahren und wusste immerhin, dass Freud Psychiater war und Jude. Wann geboren und wann gestorben. Damit war Stockmeier so für den Montagmorgen zufrieden, und er berichtete von einer Patientin Freuds, einer gelähmten jungen Frau, für deren Leiden die Ärzte keine Ursache hatten finden können. Sigmund Freud behandelte sie mit Hypnose, und hierbei erinnerte sich die Frau, dass sie als Kind von ihrem Vater missbraucht worden war. Nach einigen Behandlungen konnte sie wieder laufen.

Agnes schaute sich nach Lula um. Ihr Platz neben Agnes war leer. Vielleicht hatte Lula auch verschlafen. Agnes sah Frizzie an, die wies mit dem Kinn nach hinten. Da saß Lula am letzten Tisch und schrieb mit, ohne auch nur ein Mal aufzusehen.

Warum saß Lula da hinten? Agnes sah wieder Frizzie an, doch sie wich ihrem Blick aus. Paulina schüttelte leise den Kopf, und Patti zuckte die Schulter. Danda war mit ihrem Make-up noch nicht fertig; sie setzte am frühen Montagmorgen künstliche Wimpern auf ihre eigenen, dabei hatte sie weiß Gott genug davon.

Aber Lula? Agnes begriff nichts. Noch nie hatte Lula sich woanders hingesetzt als zu Agnes. Und egal, was Stockmeier jetzt von Hypnose und Traumdeutung erzählte, von Über-Ich und Sexualtrieb und Aggressionstrieb, Agnes rutschte im Kopf alles durcheinander, in ihrem Hals bildete sich fast schon ein Kloß. Wahrscheinlich saß ihr der Schock von gestern doch noch in den

Knochen. Denn – warum hätte Agnes denn heulen sollen? Nach der Schule würde sie Simon sehen, und das war im Moment das Wichtigste.

Er kam aber nicht. Und als Agnes auf Lula zuging, sie fragen wollte, warum sie im Unterricht hinten gesessen habe, drehte Lula sich schroff von Agnes weg. »Du hast es ja offenbar jetzt mit alten Knackern!«

Lula ging, ohne sich umzusehen. Patti und Danda kamen, gefolgt von Frizzie und Paulina.

»Krass, wie Lula sich benimmt«, sagte Paulina, und ihre warmen dunklen Augen sahen Agnes melancholisch an.

»Ich hab Lula sofort gesagt, du kannst dir den Simon nicht einfach catchen!«

Es war Frizzie so rausgerutscht, die anderen sahen Agnes erschrocken an. Danda malte mit ihren Stöckelschuhen Kreise auf den Boden. Sie hatte sich heute aufgetakelt wie Irma la Douce, und jetzt zündete sie sich eine Zigarette an, die sie auf eine Spitze steckte.

»Agnes, glaub mir, der Simon ist ein Arsch, der weiß nicht, was er will. Wahrscheinlich hat der auch ein Trauma, ein frühkindliches, haben wir ja gerade durchgesprochen, Bindungsängste und so. Mit dem wird Lula rasch fertig. Die raucht sich den in der Pfeife.«

»Jetzt spricht sie schon wie meine Mama!«, sagte Patti erschrocken. Sie bot Agnes ihren letzten Krapfen an: »Komm doch heut Nachmittag zu uns. Meine Mama ist ausnahmsweise mal nicht verreist, sie wollte unbedingt Danda kennenlernen, die beiden sind total begeistert voneinander, und jetzt backt sie für uns Waffeln mit Apfelmus und Schlagsahne.«

Agnes hörte das alles und hörte es auch nicht. Sie

raffte ihre Sachen aufs Rad und fuhr los. Patti schrie ihr noch hinterher: »Bis heut Nachmittag, Agnes!«

»Die Lula hat sich den Simon gecatcht!« Dieser Satz hakte sich in Agnes fest.

Simon. Warum? Warum war er jetzt mit Lula zusammen? Noch am Freitag war alles gut gewesen, so nah, so warm, so –

Agnes spürte, dass sie trotz der kühlen Luft rot wurde, innerlich auf jeden Fall, sie schämte sich. Nackt hatte sie auf Simons Bett gelegen, er hatte sie bemalt, überall, und es hatte Agnes gut gefallen, viel zu gut.

Wie lange war sie Simons Freundin gewesen? Es waren genau drei Monate, siebzehn Tage. Es war ihr gut gegangen mit Simon! Hatte sie es gemerkt? Nicht immer vielleicht, aber es war in jedem Fall eine Attraktion, mit ihm zusammen zu sein. Agnes galt mehr, gemeinsam mit Simon, das hatte sie genau gespürt.

Und jetzt, seit der Party, zu der Agnes nicht kommen konnte, weil sie erst in der Nacht vom Bodensee zurückgekehrt waren, seit dieser Party ging Simon mit Lula. Klar, dass er Lula toller fand! Ein Wunder war es ja nicht, Lula war viel hübscher als Agnes, allein ihr kleiner knackiger Hintern! Agnes hatte einen so fetten Po, dass Simon ihn einer Skulptur verpasst hatte, die er Agnes nannte.

Heute konnte Agnes gar nicht schnell genug heimkommen. Hoffentlich telefonierte Andreas nicht gerade für eine Recherche oder mit einer Tussi – Agnes wollte sofort Simon anrufen.

Noch im Mantel und mit zitternden Händen tippte sie seine Nummer. Gott sei Dank, er war am Apparat.

»Simon, was ist los, warum –«

Er ließ Agnes gar nicht ausreden.

»Hey, leck mich, ich bin dir doch wohl lang genug nachgedackelt, du Schlampe!«

Agnes ließ fast den Hörer fallen, so sehr erschrak sie über die Kälte und die Verachtung in Simons Stimme. Sie ließ sich auf den nächsten Stuhl sinken. Hier lief irgendetwas schief, irgendeiner war hier verrückt geworden.

Agnes wählte noch einmal. Diesmal die Nummer von Lorenz Wolffs Büro. Sie erfuhr von der Sekretärin, dass Herr Wolff nach New York geflogen sei. Er werde gegen Ende der Woche zurückerwartet.

Lorenz konnte also nichts damit zu tun haben, dass Simon sie so mies behandelte. Lula! Agnes musste Lula fragen. Sie wählte die Nummer, es war besetzt. Na klar, was sonst, Lula und Simon telefonierten. Zur Sicherheit wählte Agnes noch Simons Nummer, besetzt, na toll!

Agnes hielt es nicht in der Wohnung. Wenn sie hier herumhing, wurde sie verrückt. Sie holte ihr Rad, fuhr in die Hohenzollernstraße. Sie musste jetzt Leute um sich haben, die nicht Lula und nicht Simon hießen. Leute, die sie gern hatten.

Agnes schaffte es gerade bis in den vierten Stock. Danda öffnete, Pattis Mutter backte Waffeln, grüßte mit der Zigarette in der Hand. Patti schlug die Sahne und steckte gerade einen Finger tief in den Schaum, als Agnes am Küchentisch die Fassung verlor. Sie legte ihren Kopf auf den Arm und heulte, schluchzte, jammerte, und je mehr Danda sie streichelte, umso stärker brach es aus Agnes heraus.

Pattis Mutter legte ihr die erste frische Waffel hin, tat Apfelmus drauf und Sahne, stellte eine Tasse Kaffee dazu und sagte: »Nun iss erst mal!«

Doch Agnes konnte nicht, sie schluchzte immer stärker. Patti brachte ihr schließlich das Katzenjunge, doch der kleine Kater verzog sich schleunigst unters Sofa. Das sah Agnes, und sie musste lachen. Da lachten auch alle anderen, und der Opa humpelte aus seinem Zimmer und fragte, was denn hier los sei.

Agnes erzählte es ihm. »Simon hat mich sitzen lassen. Und er sagt, ich sei eine Schlampe!«

»Das klingt nicht gut. Da hast du aber früher in anderen Tönen von Simon erzählt.«

»Ach, lasst doch endlich den Simon aus dem Spiel.« Danda hatte wieder ihre freundlich-gleichgültige Miene. »Such dir zwei bis drei Neue, das ist besser als einer. Da gehst du immer mit dem, der dir gerade die nettesten Sachen sagt.«

»Na«, sagte Opa, »ob das immer so klappt? Aber mit sechzehn solltest du auf keinen Fall solche Probleme schieben, Agnes. Das klingt ja fast wie Torschlusspanik. Dazu fällt mir gerade ein schöner Witz ein –«

»Untersteh dich, Opa, der Agnes geht es schlecht, erzähl uns deine Witze, wenn wir alle wieder gut drauf sind. Komm, iss eine Waffel, die schmecken nur, wenn sie frisch aus dem Waffeleisen kommen.«

Pattis Mama rückte ihrem Schwiegervater seinen Sessel zurecht, und dann machten sich alle über die Waffeln her. Auch Agnes spürte, dass sie seit dem Glas Milch am Morgen und einer Brezn in der Pause nichts gegessen hatte. Die Waffeln schmeckten nach Vanille, und Pattis Mama verriet, dass sie anstatt Backpulver immer Quark als Lockerungsmittel reintue, daher komme der frische Geschmack.

Danda erklärte kauend, dass sie heute ihre Oma besuchen wolle. Sie sei schon hundert Jahre nicht dort gewesen. Patti solle mitkommen, habe sich die Oma gewünscht; sie wolle Patti kennenlernen, und am liebsten auch Agnes. Da wäre es doch günstig, sie machten jetzt rasch die Hausaufgaben und könnten dann losfahren. Dandas Oma wohnte nur wenige Straßen von Agnes entfernt.

Pattis Mama erzählte Agnes, dass sie so froh sei, Danda bei sich zu haben. Sie könne Patti für die Schule wirklich viel beibringen, sie gebe sich solche Mühe, nur wegen dem bisschen Miete und Essen. Dabei sei es in der Familie viel lustiger, seit Danda mit ihnen lebe. Sogar mit ihrem Mann käme Danda aus. Neulich habe im Hausflur einer über Dandas Verkleidungen gelästert, da habe ihr Mann gesagt, Danda sei viel zu schade für dieses Spießerhaus.

»Ich hab gedacht, das kann unmöglich mein Mann sein, der so redet«, sagte Pattis Mama. »Ich hab gedacht, er und Danda würden sich streiten wie die Kesselflicker. Nein, sie spielen Skat, mein Mann, der Opa und Danda. Patti und ich können es ja nicht.«

Agnes spürte, wie sich langsam der Ring um ihre Brust lockerte. Die Hornigs gaben Danda anscheinend genauso viel Nähe und Distanz, wie Danda brauchte. Sie lebte schon einige Wochen in der Familie und sagte selber, dass sie es so lange noch nirgends ausgehalten habe.

»Ich kann da gar nicht weg«, sagte Danda zu Agnes, »der Opa erzählt mir jeden Tag einen Witz, den will ich nicht verpassen.«

»Und Pattis Vater? Ich kenn den ja nicht so gut, aber alle sagen, er sei ein Arsch.«

Es war eine Befürchtung von Agnes, dass Danda und

Herr Hornig Schwierigkeiten miteinander kriegen konnten. Patti jedenfalls jammerte immer über ihren Vater, dass er Ansichten habe von vorvorgestern.

»Wegen Willi Hornig hatte ich auch Schiss, aber ich wollte bei Patti bleiben, ich musste. Es gab niemanden mehr, zu dem ich hätte gehen können. Und so hab ich den Willi gleich überfallen mit meinem Sonntagslächeln, der hatte gar keine Chance, mich blöd anzureden. Ich hab ihm gesagt, wie weltoffen und großzügig er ist, dass er mich bei sich wohnen lässt, und das hat er mir auch geglaubt. Und seitdem ist er so. Weltoffen und großzügig.«

Danda zeigte Agnes die Skatkarten. »Das ist das einzig Brauchbare, was ich bei den Punks gelernt hab. Damit hab ich beim Willi jetzt einen Stein im Brett. Jetzt verteidigt er mich sogar schon gegen den Hausmeister, wenn der mich eine hässliche Vogelscheuche nennt.«

Nicht nur Danda, auch Patti profitierte von der neuen Wohnsituation. Sie hatte jetzt außer Agnes noch Danda, fraß nur noch halb so viel Süßes und kapierte sogar einiges im Unterricht, was früher an ihr vorbeigerauscht war. Und Frau Hornig schränkte anscheinend ihre Reisetätigkeit ein.

Es war schon klar, warum Danda und Patti mit Agnes nach Neuhausen fuhren. Sie mochten sie jetzt nicht alleine lassen. Deshalb sollte Agnes auch mit zu Dandas Oma kommen. Rund-um-die-Uhr-Service. Doch Agnes war froh. Es war schlimm genug, keinen Simon und keine Lula mehr zu haben. Umso mehr war sie glücklich, dass die anderen zu ihr hielten.

14

Seit einer Woche lag Agnes im Bett. Sie hatte ständig über neununddreißig Grad Fieber. Joe, ihr Arzt, kam jeden Mittag zwischen den Sprechstunden vorbei, zog Agnes das klatschnasse Nachthemd aus, rieb sie mit einem Frottiertuch ab und zog ihr ein frisches Nachthemd an. Agnes wollte nicht, dass Andreas das machte, sie selbst war aber wirklich zu schwach dazu. Sie glaubte, nicht einmal in tausend Jahren wieder auf die Füße zu kommen.

Es war Joe nicht klar gewesen, woher dieser heftige Grippe-Anfall kam. Agnes erzählte ihm von ihrem Bad im Bodensee, allerdings die offizielle Version. Joe sah sie an mit seinen dunklen Augen, die in dem blassen Gesicht noch dunkler wirkten. Er dachte sich wohl das Seine, aber er fragte nicht. Und Agnes war froh, dass Joe immer eilig war. Hätte er sie noch lange so angesehen, so warm, so lieb – Agnes wäre fällig gewesen für die große Heulorgie. Aber sie hatte das Heulen satt.

Ständig musste sie an Michael denken. »Es war eine richtige Schülerliebe«, hatte er über sich und Juliane gesagt. »Vielleicht erlebst du das ja auch einmal. Ich weiß nicht, ob ich es dir wünschen soll.« Jetzt hätte ihm Agnes die Antwort geben können: Bloß nicht!

»Eigentlich gehörtest du für ein paar Tage in die Klinik«, sagte Joe, aber er verstand auch, dass Agnes lieber zu Hause blieb. Und als er am Freitag, dem fünften Grippetag, kam, da war Agnes geduscht, trug ein frisches T-Shirt, und Andreas hatte ihr Bett frisch bezogen, während Agnes im Bad war. Er kümmerte sich auch um die Wäsche und kaufte ein.

Seit Agnes Andreas mit seiner Zaubermaus erwischt hatte, behandelte er Agnes wie ein rohes Ei. Agnes fand das erholsam.

Am Samstag kamen Frizzie und Paulina, Patti und Danda. Sie erzählten, dass sie jetzt wieder verstärkt ›Les Misérables‹ probten. Agnes solle unbedingt bald gesund werden. Sie spielte ja Fantine und Cosette, und sie übte täglich im Bett Fantines Lied, aber auch das von Eponine, die im Stück von Lula gespielt wurde:

And now I'm all alone again,
Nowhere to turn, no one to go to,
Without a home without a friend
Without a face to say hello to.

Den Schluss des Liedes sang sie nur, wenn Andreas nicht da war, denn jedes Mal musste Agnes heulen. Eponines Schmerz galt Marius, der sie nicht liebte, nicht wirklich, und Agnes fühlte sich im Moment wie Eponine, ihre Tränen galten Simon, der jetzt mit Lula ging.

I love him
But when the night is over
He is gone, the river's just a river
Without him the world around me changes
The trees are bare and everywhere the streets
Are full of strangers.

»Weißt du, dass Tobias ausgestiegen ist? Simon spielt jetzt den Marius!«

Patti sah Agnes erschrocken an. Sie hatte sich verplappert, und die anderen verdrehten die Augen zum Himmel. Patti griff sich schnell eine Hand voll Erdnüsse, stopfte sie in den Mund, als wolle sie es sich unmöglich machen, noch mehr auszuplaudern. Danda sprang ihr bei.

»Was soll's! Je eher Agnes es erfährt, desto besser. Sollen wir warten, bis sie in die Turnhalle kommt und Simon auf der Bühne sieht?«

»Ist schon wahr«, meinte jetzt auch Frizzie erleichtert. »Willst du dann überhaupt noch mitmachen, Agnes?«

»Red keinen Scheiß, Frizzie«, lamentierte Paulina, »wenn Agnes jetzt auch noch aussteigt, können wir ›Les Misérables‹ vergessen. Dass Tobias nicht mehr mitmachen will, weil Lula ihn sitzen gelassen hat, das kann ich verstehen. Und der Simon lernt schnell, das ist ein richtiger Glücksfall, der kann das schon gut vom Blatt singen, jetzt darf doch nichts mehr schiefgehen, dann war ja unsere ganze Anstrengung umsonst.«

Alle sahen auf Agnes, und sie merkte, dass ihr ziemlich mies wurde. Sie fühlte sich wieder wie am ersten Tag der Grippe und legte sich müde in die Kissen zurück.

»Ich glaub, du brauchst Ruhe und nicht uns vier«, meinte Danda sarkastisch. Jede gab Agnes einen Kuss, und dann gingen sie. Paulina stand noch einen Augenblick in der Tür und sah zu Agnes herein. Dann winkte sie ihr zu und pustete Agnes noch einen Kuss in die Luft, bevor sie hinter den anderen den Raum verließ.

Sie waren sicher froh, draußen zu sein. Agnes wäre an ihrer Stelle auch erleichtert abgehauen. Besuche bei kranken Leuten sind die Pest, nur bei Michael war das etwas anderes gewesen. Da hätte Agnes jede Sekunde festhalten mögen: Michaels Gesicht, seine Stimme, den Blick aus seinen dunklen Augen. Vielleicht fand sie ja Paulinas Augen oder auch die von Joe so schön, weil sie so dunkelbraun wie Michaels Augen waren.

In der Nacht erwachte Agnes mit einem lauten Schrei. Andreas war sofort bei ihr und schüttelte sie. Agnes hatte geträumt. Sie war Cosette, flüchtete mit Valjean vor dem Polizeioffizier Javert, seinem Feind, doch als er Cosette und Valjean schon gefasst hat, erkennt er sie nicht. Lässt sie gehen. Cosette und Valjean irren durch die Stadt, ständig müssen sie sich vor Banden verbergen, denn die Thénardiers suchen Cosette. Cosette und Valjean haben einen Unterschlupf gefunden, sie wollen sich etwas ausruhen; da findet sie Eponine, und Cosette und Valjean haben große Angst, dass Eponine sie verrät. Eponine bringt Cosette zu Marius, obwohl sie Marius selber liebt. Doch Marius richtet seinen Revolver auf Cosette ...

Fast jede Nacht träumte Agnes von ›Les Misérables‹. War es deshalb, weil sie die Lieder übte, ständig die Texte las? Oder war es, weil sie Angst davor hatte, nun mit Simon auf der Bühne zu stehen? In ›Les Misérables‹ musste Simon ja Cosette lieben, also Agnes, und Eponine, die ihn ebenfalls liebte, deren Liebe Simon aber nicht erwidern konnte, wurde von Lula gespielt.

Wie sollte das gehen? Alle würden auf sie starren, die ganze Klasse wusste doch, was gelaufen war. Doch sollte Agnes kneifen? Sollten Mädchen wie Kitty, die ihr Simon nicht einen Tag gegönnt hatten, sollten die über Agnes triumphieren? »Da seht ihr, sie kommt nicht, sie macht nicht mehr mit, sie stellt sich krank. Nur weil Lula sich den Simon gekrallt hat, dreht sie durch.«

Agnes würde nicht durchdrehen. Michael war krank geworden, als Juliane ihn verließ. Hatte ihr Vater sich aufgegeben damals? Es war ja erst vier Jahre her, und die Zweifel lebten immer noch in Agnes. Manchmal dachte sie, dass Michaels Leben Juliane gehört hatte. Als sie nicht mehr mit Michael leben wollte, hatte er aufgegeben. Sich aufgegeben. So weit, dass er gestorben war.

Das wollte Agnes nicht. Auch wenn es ihr schlecht ging. Das mit Simon tat weh, jeden Tag, jede Nacht. Jede verdammte Minute tat das weh.

Und dann Lula. Sie waren innige Freundinnen gewesen. Hatte Agnes wenigstens geglaubt. Lula hatte früher doch sogar eifersüchtig reagiert, wenn Agnes mal zu Frizzie fuhr oder zu Paulina und sie davon nichts wusste. Das war vorbei. Lula hatte Agnes abgelegt wie ein altes Kleidungsstück.

Nun gut. Vielleicht meinten sie alle, Agnes gehörte ihnen, sie könnten mit ihr machen, was sie wollten. Von wegen.

Ich geh nicht kaputt, nicht wegen Simon, nicht wegen Lula, nicht wegen Juliane, nicht wegen Lorenz Wolff, dachte Agnes, und wer nichts mit mir zu tun haben will, der soll sich zum Teufel scheren.

Doch dann musste sie wieder an Simon denken, an sein Lachen, wenn er mit Agnes alleine war, an seinen Mund, an all das, was er ihr gesagt hatte, als er sie bemalte – Agnes musste es vergessen. Es tat verdammt weh. Agnes hätte sich wegbeamen mögen, wenigstens ein bisschen. So, wie Danda das immer tat. Mit ihren Joints. Mit ihrer roten Limonade. »Dann bist du neben dir, irgendwie, da hältst du dich besser aus. Und die anderen auch«, hatte Danda gesagt.

Danda spielte die Rolle von Madame Thénardier in ›Les Misérables‹, und außerdem nähte sie mit Patti zusammen die Kostüme. Für die Rolle der Fantine hatte sie für Agnes aus einem ihrer Flohmarkt-Abendkleider ein langes schlichtes Gewand gemacht, wie es vor über hundertfünfzig Jahren vielleicht eine Arbeiterin in Paris getragen haben könnte. Auch für sich selbst als marodierende Gastwirtin achtete Danda auf Genauigkeit. Sie nähte weit ausgeschnittene fetzige Oberteile und malte sich schon bei den Proben einen schwarzen Schneidezahn. Wenn sie dann die Hände in die Hüften stemmte und ordinär von der Bühne runterschimpfte, wirkte sie ziemlich professionell. Das sagte auch Frau Mylius, die Musiklehrerin, die alle Songs musikalisch begleitete.

Agnes hatte plötzlich Lust auf eine rote Limonade. Heute wollte sie zum ersten Mal wieder in die Schule, in die Proben. Es war Samstag, und Agnes hatte schon drei Wochen gefehlt. Aber sie hatte für die Schule gelernt und für ›Les Misérables‹. Da machte sie sich keine Sorge. Angst hatte sie nur vor der Begegnung mit Lula und Simon. Vielleicht half ihr der Alkohol ja auch, neben sich zu stehen. So, wie er Danda half.

Agnes tat den Saft von zwei Zitronen zum Campari, wegen der Vitamine, und dann goss sie mit Wasser auf. Die rote Limonade rann ihr bittersüßscharf in die Kehle, und Agnes fühlte sich einigermaßen gerüstet.

Sie zog jede Menge Pullover übereinander, streifte ein breites Stirnband über, obwohl es Ende Mai war und ein eher sonniger Tag. Doch nach den drei Wochen daheim wollte Agnes sich auf dem Rad keine Lungenentzündung holen, und mit dem Bus zu fahren schien ihr zu umständlich.

»Ich bin zum Kämpfen geboren«, sang Tracy Chapman, »es gibt weder Mann noch Frau, noch ein lebendes Wesen, das mich besiegen könnte. Denn ich bin zum Kämpfen geboren.«

Jawohl. Auch Agnes wollte kämpfen, wie Tracy. Sich nicht unterkriegen lassen, das war's!

Simon war ein Arsch. Danda hatte recht. Simon war unmöglich. Zuerst übersah er Agnes. Als sie die anderen begrüßte, machte er sich auf der Bühne zu schaffen. Dann fing er an, mit Lula rumzumachen. Lula drehte sich weg, kam zu Agnes.

»Ist alles wieder okay? Du sollst mit zu uns zum Essen kommen. Alle fragen nach dir. Auch der Baby.«

Dann setzte Lula rasch hinzu: »Iris weiß nicht, dass du krank warst.«

Aha. Deshalb hatte Agnes nichts von Iris gehört. Es war ihr auch lieber gewesen. Iris gehörte zu den wenigen Leuten, die Agnes ansehen und zum Reden bringen konnten. Und das war im Moment wirklich nicht das, was Agnes vorschwebte.

Aber der Baby, Loni und Toni – Agnes merkte, dass sie Entzugserscheinungen hatte. Vor allem nach dem Baby.

Simon fing an, mit Paulina zu flirten, er machte Frizzie Komplimente wegen ihres kleinen runden Hutes, der wirklich witzig war und den sich Agnes nie aufzusetzen getraut hätte. Simon fragte Patti, wie viel sie denn abgenommen hätte, und Patti warf sofort den Krapfen in den Papierkorb, den sie gerade auspacken wollte.

Danda war nicht da. Sie hätte Simon ignoriert. Oder ihm eins vor den Latz geknallt, das wusste Agnes. Sie fragte Patti, wo Danda sei.

»Wir haben dein Kostüm fertig gemacht«, verkündete Patti stolz. »Danda muss heute einen Typen treffen, den sie Monate nicht gesehen hat. Der ist nur für einen Tag in der Stadt. Sie gehen heute Abend zusammen auf ein Fest. Aber morgen kommt Danda wieder mit zum Üben. Wir singen jeden Abend: ›You've got cash, And a heard, You could give us a bit of a start!‹«

Patti war die Souffleuse, und sie hörte jeden unerbittlich ab, ob er auch seinen Text konnte.

»Und bis wir ›Miss Saigon‹ aufführen, bin ich so dünn, dass ich lässig eine Vietnamesin spielen kann!« Pattis Energie war nicht mehr zu bremsen. Agnes freute sich für sie. Danda erreichte offenbar in wenigen Wochen, was bisher niemand geschafft hatte – Pattis Selbstwertgefühl zu stärken.

»Man merkt, dass Agnes drei Wochen gefehlt hat. Ihr singt ja alle aneinander vorbei«, sagte Frau Mylius.

Die Fremdheit zwischen Agnes und Lula blieb auch auf der Bühne spürbar. Es war, als sei Lula durch eine Glaswand von Agnes getrennt. Simon musste noch vom Blatt singen. Gott sei Dank. Da fiel es nicht gar so auf, dass er über Agnes hinwegspielte.

Agnes war froh, als die Probe schließlich zu Ende ging. Sie spürte, dass sie noch ziemlich schlecht beieinander war. Das sagte auch Frau Mylius. »Agnes, wir hören auf für heute. Du musst dich noch schonen. Mit so einer Grippe soll man nicht spaßen.«

Als sie runterstiegen von der Bühne, war plötzlich Simon nah bei Agnes.

»Hat es dir mein Alter richtig besorgt?«, zischte er, und sein Gesicht war für einen Moment verzerrt. Dann ging er zu Lula und legte ihr den Arm um die Schulter.

Was war das? Was sollte das heißen? War Simon jetzt verrückt geworden? Agnes hatte Lorenz Wolff seit der Bodenseefahrt nicht wieder gesehen. Letzte Woche kamen Blumen von ihm und ein großer Korb mit Obst. Dazu eine Karte. »Immer und nie wieder. Lorenz.«

Da war doch Schluss. Was wollte Simon? Jetzt begriff Agnes nichts mehr. Wozu auch? Es war ja doch sinnlos. Agnes sah, wie Lula sich mit einer eckigen Bewegung losmachte von Simon. Er ging. Sein Gesicht zeigte keine Reaktion.

Agnes saß hinten auf dem Gepäckträger, Lula fuhr das Rad. Agnes sah Lulas kleinen festen Hintern in der engen Jeans, und sie dachte, dass Lula und Simon –

Da schrie Lula auch schon von vorn.

»Ich wollte ja Rücksicht auf dich nehmen. Aber ich wollte auch Simon, ich wollte ihn schon lange. Bei der Party war er dann völlig betrunken, weil du was mit seinem Alten hast. Da dachte ich, dann könnte ich auch ruhig egoistisch sein. Aber es ging nie gut, ich hab immer an dich gedacht. Du bist meine beste Freundin. Aber Simon – ach, verdammt, ich weiß auch nicht!«

Sie waren bei Wagners angekommen. Agnes sprang ab, und Lula stellte das Rad in den Schuppen. Sie hakte Agnes ein, so, wie sie es früher manchmal getan hatten, aber es war nicht dasselbe. Lula wollte, dass es so wie früher war, und Agnes wollte das auch, aber es haute nicht hin. Die Glaswand war immer noch da, dieses Gefühl, fremd zu sein.

Der Baby rannte auf Agnes zu, rief »Agnes, Tango!« und reckte die Ärmchen hoch. Das hieß für Agnes, dass sie den Baby auf den Arm zu nehmen hatte und mit ihm Tangoschritte machen musste, bei denen der Baby vor- und rückwärts gebogen wurde wie eine Tänzerin auf dem Parkett. Je abrupter Agnes den Baby im Tangoschritt hin- und herriss, desto besser fand es der Baby.

Heute fühlte Agnes zum ersten Mal, dass der Baby kein Federgewicht mehr war. Und auch kein Baby mehr. Mascha hatte eine Zopfspange in ihrem Haarschopf. Sie trug ein langes Kleidchen und zeigte Agnes die Lackschuhe über den durchbrochenen Strümpfen.

»Die hat Lula schon angehabt und auch Leonie. In dieser Zeit wachsen die Kinder so rasch, dass sie die Schuhe gar nicht verschleißen.«

Iris Wagner nahm jetzt Agnes um die Schulter. »Du hast ja eine ganz spitze Nase. Und hast dich ewig nicht sehen lassen. Magst du uns nicht mehr?«

Lula schaute gespannt, doch Gott sei Dank holten die Zwillinge Agnes aus der Verlegenheit. Sie hatten zum Geburtstag gemeinsam ein Fernrohr bekommen, und Agnes musste mitgehen in den Garten, wo ein blasser Halbmond zu sehen war; er bekam durchs Okular ein geheimnisvolles Gesicht mit vielen Kratern und einer richtigen Nase.

Trotz des lebhaften Wagnerschen Familienlebens um sich herum musste Agnes immer an Simon denken. Was meinte der? Was meinte Lula, wenn sie sagte, dass Agnes was mit Simons Vater habe? Sollte Lorenz Simon von dem Kuss erzählt haben? Oder von der Szene auf dem

Boot? Dann müsste Lorenz ja wahrhaftig nicht bei Trost sein, und das glaubte Agnes denn doch nicht.

Wie sehr sich Agnes auch das Hirn zermarterte, sie kam nicht dahinter. Und sie wollte auch nicht mehr daran denken. Es ging einem so schlecht dabei. Agnes war es lange genug schlecht gegangen. Doch sie würde es nicht mehr zeigen. Lula nicht mehr und Simon erst recht nicht. Er beschimpfte Agnes. Versuchte, sie vor den anderen zu demütigen.

Lula stand mit Agnes am Gartentor. Lulas Vater wollte Agnes heimfahren.

»Ihr wart nicht richtig zusammen, du und Simon«, sagte Lula gerade. »Das weiß ich jetzt. Und Simon hatte vor dir überhaupt noch nie ein Mädchen, das weiß ich jetzt auch. Und das mit Simon und mir, das wäre überhaupt nicht passiert, wenn du nicht mit seinem Alten verreist wärst.«

Agnes starrte Lula an. Deren Gesicht verzog sich.

»Nun tu nicht so, heilige Agnes! Simons Mutter hat doch deutlich am Telefon gehört, dass Herr Wolff im Hotel ein Doppelzimmer bestellt hat. Du warst doch mit ihm am Bodensee!«

Doppelzimmer. Bodensee. Immer schneller drehten sich Lulas Worte in Agnes. Plötzlich schien alles sehr still. Agnes sah, wie Ginger, die Siamkatze der Wagners, im Gras hockte. Ihr Körper war angespannt, Ginger war auf dem Sprung, sicher hatte sie ihr Opfer längst ausgemacht. Agnes fühlte sich gleichfalls von Raubtieren umgeben; alle waren auf dem Sprung, Agnes zu zerreißen. Sie im Innern zu verletzen.

Iris und Klaus verstauten gerade Agnes' Fahrrad in den Kofferraum. Klaus rief ungeduldig: »Mädels, spart euch den Rest für morgen. Oder ruft euch meinetwegen gleich wieder an, wenn Agnes daheim ist. Aber jetzt macht mal Pause, ich muss noch für 'ne Stunde an meinen Schreibtisch!«

Agnes setzte sich ins Auto; Klaus befestigte noch den Kofferraumdeckel, der ein wenig offen blieb.

»Simon und ich – wir haben aber trotzdem nicht –«

Lula flüsterte es schnell ins Wagenfenster, und dann lief sie ins Haus, die Schultern fröstelnd hochgezogen.

15

Das Telefon schellte. Agnes hörte Andreas fluchend aus dem Bett springen und in die Diele laufen. Sie sah auf die Uhr. Es war fünf Uhr früh. Es war doch nichts mit Juliane? Sie hatten vorgestern erst telefoniert, und Juliane war fröhlich und zuversichtlich gewesen. Die Ergotherapie, die in der Klinik zusammen mit vielen anderen Maßnahmen für Juliane ausgearbeitet worden war, sprach hervorragend an. Juliane würde auf jeden Fall wieder in Ordnung kommen, sie machte schon Zukunftspläne für sich und Agnes. Mit Juliane durfte nichts passiert sein!

Andreas kam zu Agnes. Er war ernst und kein bisschen verschlafen. Agnes' Herz fing an, wie verrückt zu klopfen.

»Agnes, du musst jetzt versuchen, ruhig zu bleiben. Das war gerade die Patti Hornig aus deiner Klasse. Sie haben Danda gefunden. In einem Haus in der Rosenbuschstraße. Sie ist tot. Drogen. Offenbar war der Stoff falsch verschnitten, deshalb hat sie eine zu hohe Dosis erwischt.«

Danda. Der Typ, den sie gestern treffen wollte. Hatte der –?

Das hätte nicht passieren dürfen. Warum hatten sie Danda nicht beschützen können? Die Hornigs nicht, die Clique nicht, Patti nicht.

»Du könntest mich vielleicht festhalten«, hatte Danda

zu Agnes gesagt. Aber Agnes hatte gekniffen. Die Mühe gescheut, Juliane und Andreas um Erlaubnis zu fragen. Oder wollte Agnes in Wahrheit nicht mit Danda leben, weil Danda ihr einen Spiegel vorhielt, in dem Agnes sich als Spießerin sah, als angepasste, fantasielose Spießerin?

Lucy in the Sky with Diamonds. Danda.

Agnes war nicht oft genug mit Danda zusammen gewesen. Nicht oft genug.

Bei der Beerdigung hatten alle Mädchen neben den Blumen auch Briefe an Danda dabei. Vor dem Sarg ging eine Kapelle, sie spielten *This world is not my home, I'm just a passing thru*, und Dandas Onkel hatte heute seine Schuhe nicht verwechselt. Er ging in seiner schwarzen Kutte zum Grab und sagte, einen Menschen lieben, heiße, ihn so zu sehen, wie Gott ihn gemacht hat. Das stünde so bei dem Dichter Dostojewskij, und daran habe er oft denken müssen, wenn er Danda getroffen habe in ihren immer neuen Verkleidungen.

»Und auch heute, an ihrem Grab, frage ich: Alexandra, wer warst du? Was wolltest du? Hat es jemand gewusst, der mit dir verwandt war? Haben es deine Eltern gewusst, deine Geschwister, deine Großmutter, deine Paten? Deine Lehrer, deine Mitschüler, deine Freundinnen? Habe ich es gewusst?

Du hattest ein Geheimnis, Danda, ich glaube, du hast es niemandem preisgegeben. Vielleicht hast du es uns ja auch gesagt, und wir haben nicht zugehört. In dir war eine Sehnsucht, Danda, ich weiß nicht, wonach. Wo hast du Wärme und Zuflucht gefunden?

Dein Tod war ein Unfall, wir haben es erfahren. Für uns alle ist er ein Unglück. Wir können nichts fühlen als Schmerz. Aber unser Schmerz ist nicht aussichtslos. Wir haben noch Gott, unsere Hoffnung. Für mich, der ich nicht nur ein Pfarrer, sondern auch Dandas Onkel bin, gibt es nur diesen einen Trost: ›Der Herr ist mein Hirte, mir wird nichts mangeln.‹«

Lula hatte gesagt, dass die Klasse etwas tun müsse. »Wir können nicht in der Schule ›Les Misérables‹ aufführen und dann Danda einfach sang- und klanglos beerdigen lassen. Wir müssen für sie etwas einüben. Wir müssen!« Schließlich hatten sie ein Gedicht von Marie Luise Kaschnitz gefunden.

Sie traten vor. Lula, Patti, Frizzie, Paulina und Agnes. Sie sprachen, und immer, wenn einer die Stimme stockte, ein Schluchzen kam, dann hielten sie sich fest bei den Händen. Und sie schafften es. Wenigstens eine Strophe:

Es muss doch noch irgendwo sein
Etwas, das trägt und hält.
Ein Kleinod, ein funkelnder Schrein
In der verdorrenden Welt.
Eine Kammer voll Orgelwind,
Ein singendes Muschelhaus.
Die wie die Kinder sind,
Gehen dort ein und aus …

Sie warfen ihre Briefe und die Blumen auf Dandas Sarg, und alle anderen taten das auch. Agnes sah Tobias und Olli, der fassungslos auf Dandas Grab starrte. Tobias trat hinter Lula und fasste behutsam ihren Arm. Patti und Agnes stützten Opa Hornig, der manchmal fast unmerklich den Kopf schüttelte. Pattis Eltern standen hinter ihnen, und es fiel Agnes auf, dass sie sich an den Händen hielten wie ratlose Kinder.

Die Kapelle spielte ›Lucy in the Sky with Diamonds‹. Raben flogen auf über den Büschen, und sie schienen lauter zu schreien als sonst. Lula sagte zu Agnes, das sei Danda. »Sie sagt, dass sie bei uns bleibt.«

Auch Simon war da, und er ging langsam mit Lula, Tobias, Olli und Agnes zum Ausgang. Frizzie, Paulina und die Hornigs folgten. Jeder für sich nahm Abschied von Danda. Für jeden hatte sie etwas anderes bedeutet. Jedem tat es weh, dass sie nicht mehr da war. Ohne ein Wort gingen sie auseinander.

Am Ausgang standen Simons Rad und die Räder von Lula, Tobias und Olli. Alle schoben ihre Räder, gingen schweigend bis vor Agnes' Haustür.

»Macht's gut«, sagte Lula. Sie schwang sich aufs Rad und fuhr los, ohne auf jemanden zu warten.

»Ja, macht's gut«, sagte da auch Simon, und er sah niemanden an, als er losfuhr. Es fiel Agnes auf, dass er nicht in Lulas Richtung fuhr, sondern zum Rotkreuzplatz. Tobias und Olli folgten ihm.

Eine Kammer voll Orgelwind,
Ein singendes Muschelhaus.

Warum konnte das Leben nicht so sein? Dann hätte auch Danda sich darin heimisch gefühlt.

Agnes wollte nicht mehr denken. Nicht an Danda, nicht an Lula und auch nicht an Simon. Aber sie wusste, dass sie sich das Denken nicht abgewöhnen konnte, und dann war es besser, sie blieb gleich dabei.

Sie war Agnes Julia Ruge, und daran würde sich nichts ändern. Sie war Agnes. Daran konnte sie sich halten. Davon konnte sie ausgehen. Agnes hatte in diesen Tagen begriffen, vor allem an Dandas Grab, dass sie sich in einigem unterschied von Danda, auch von Lula. Vielleicht auch von den anderen. Agnes wusste, dass sie lebte, mit allem, was dazugehörte. Und dass sie an Wunder glaubte und daran, dass die Welt für sie Wunder bereithielt. Sie glaubte auch, dass es noch viele unbekannte Welten gab, mit noch größeren Wundern. Welten, die manchmal im Traum auftauchten und am Morgen nur noch Geheimnis waren.

Irgendwann würde Agnes da wohnen.

Irgendwann, dachte Agnes, irgendwann zeige ich es euch.

Asta Scheib im dtv

»Das wichtigste Sinnesorgan sind meine Augen. Ich sehe täglich die Welt um mich herum. Spannendes, oft absurdes Theater. Realsatire. Ich bin süchtig nach Buchstaben, am liebsten würde ich den ganzen Tag lesend verbringen. Zeitungen, Bücher, jeden Tag neu bin ich süchtig danach.«
Asta Scheib

Das zweite Land
Roman
ISBN 978-3-423-13401-9
Eine junge Kurdin in München. »Mit ihrem packenden Roman trifft Asta Scheib auf jeden Fall tiefer in die Herzen der Leser als jede Dokumentation über Bürgerkriegs-Flüchtlinge.« (Berliner Morgenpost)

Langsame Tage
Roman
ISBN 978-3-423-13420-0
»Ein Familien-, Frauen-, Mütter-, Ehe-, Liebes- und Einsamkeitsbuch ... Ein Stadtroman für intelligente Leser.« (Wolfgang Koeppen)

Der Austernmann oder Die Sprache des Schweigens
Roman
ISBN 978-3-423-13454-5
Die Geschichte eines beruflich erfolgreichen Mannes, der im Privatleben an seiner Verschlossenheit zu scheitern droht. »Lebensnah und spannend.« (Ponkie)

In den Gärten des Herzens
Die Leidenschaft der Lena Christ
Roman
ISBN 978-3-423-13515-3
Die mitreißende Romanbiographie einer unangepassten, außergewöhnlichen Frau und ein eindrucksvolles Stück Zeitgeschichte.

Diesseits des Mondes
Roman
ISBN 978-3-423-13553-5
Ein Buch über die Freiheit, das eigene Leben zu leben, über den Widerstand von Gefühl und Reflexion und über die Liebe.

Beschütz mein Herz vor Liebe
Die Geschichte der Therese Rheinfelder
ISBN 978-3-423-20779-9
Die authentische Geschichte einer Münchnerin, die plötzlich erfährt, was es heißt, Jüdin zu sein.

Asta Scheib im dtv

»Was Asta Scheibs Bücher miteinander verbindet, ist die Fähigkeit dieser Schriftstellerin, fremden Lebensläufen nachzugehen, ihr Erinnerungsvermögen in den Dienst der Geschichten von anderen zu stellen.«
Albert von Schirnding in der ›Süddeutschen Zeitung‹

Agnes unter den Wölfen
Roman

ISBN 978-3-423-**21145**-1

Agnes verliebt sich in einen jungen Mann, um den sie ihre Freundinnen beneiden. Aber der Vater des jungen Mannes verfolgt sie mit Misstrauen. Was will er von Agnes?

Jeder Mensch ist ein Kunstwerk
dtv premium

ISBN 978-3-423-**24529**-6

Begegnungen mit Schriftstellern, Künstlern, Schauspielern und Filmemachern wie Thomas Bernhard, R. W. Fassbinder, Thomas Gottschalk, Cornelia Froboess u. a.

Schwere Reiter
Roman · dtv großdruck

ISBN 978-3-423-**25125**-9

Mit dem Motorrad unterwegs. Zwei Frauen auf der Suche nach neuen Lebensinhalten.

Kinder des Ungehorsams
Die Liebesgeschichte des Martin Luther und der Katharina von Bora
dtv großdruck

ISBN 978-3-423-**25288**-1

»Die vielleicht skandalöseste Liebesgeschichte Deutschlands.« (Klaus Modick in Radio Bremen)

Frau Prinz pfeift nicht mehr
Roman
dtv großdruck

ISBN 978-3-423-**25297**-3

Eine Frau, die Nachbarn und Familie gleichermaßen terrorisiert hat, liegt tot in ihrem Vorgarten. Unfall oder Mord?